AF450179

DISTRITO MONTES

LORENZO ORELLANA HURTADO

DISTRITO MONTES

EXLIBRIC

ANTEQUERA 2023

DISTRITO MONTES
© Lorenzo Orellana Hurtado
© de la imagen de cubiertas: Santiago Pietrini
© de las imágenes del interior: Juan Pablo Ruiz Orellana
Diseño de portada: Dpto. de Diseño Gráfico Exlibric

Iª edición

© ExLibric, 2023.

Editado por: ExLibric
c/ Cueva de Viera, 2, Local 3
Centro Negocios CADI
29200 Antequera (Málaga)
Teléfono: 952 70 60 04
Fax: 952 84 55 03
Correo electrónico: exlibric@exlibric.com
Internet: www.exlibric.com

Reservados todos los derechos de publicación en cualquier idioma.

Según el Código Penal vigente ninguna parte de este o
cualquier otro libro puede ser reproducida, grabada en alguno
de los sistemas de almacenamiento existentes o transmitida
por cualquier procedimiento, ya sea electrónico, mecánico,
reprográfico, magnético o cualquier otro, sin autorización
previa y por escrito de EXLIBRIC;
su contenido está protegido por la Ley vigente que establece
penas de prisión y/o multas a quienes intencionadamente
reprodujeren o plagiaren, en todo o en parte, una obra literaria,
artística o científica.

ISBN: 978-84-19520-88-3
Depósito Legal: MA-378-2023

LORENZO ORELLANA HURTADO

DISTRITO MONTES

DON
CLAUDIO

Capítulo 1

Todo había sucedido con la celeridad y sencillez de los anteriores nombramientos. Una mañana llamaron del obispado:

—El señor obispo desea verlo cuanto antes.

«¿Por qué los obispos tendrán tanta prisa?», se dijo, pero al punto notó que le ascendía ese especial hormigueo que en circunstancias parecidas le inquietaba.

Aquella misma noche tomó el Vicente Puchol y embarcó hacia la capital. A las ocho de la mañana atracó el barco. Pero como le habían añadido «si llega a tiempo, podrá desayunar con el señor obispo», se dirigió directamente hacia el obispado.

Así que cuando se vio frente a la fuente con manzanas y naranjas, todavía llevaba en el cuerpo el vaivén del buque. Tomó una fruta y creyó que el obispo le observaba. Después oyó:

—No me diga que no.

Quedó perplejo, con la manzana a medio camino del cuchillo, alzó los ojos y vio al obispo pendiente de él.

—Me parece que hasta ahora nunca me negué —fue su respuesta.

—Le pido que acepte ir a Venezuela, usted ya conoce nuestro compromiso con aquellas diócesis hermanas.

Don Claudio soltó la manzana, miró al obispo y sintió que el barco cabeceaba de nuevo, después exclamó con una media sonrisa:

—¡Caramba, esto sí que no me lo esperaba!

El señor obispo parecía colgado de sus labios. Don Claudio respiró, se llevó la mano al pecho y, haciendo un esfuerzo, añadió:

—Pero si la Iglesia es la patria de mi amor no encuentro especiales razones para oponerme.

El obispo se relajó de golpe, lo miró con ternura y se limitó a balbucir:

—Gracias…

Por lo que ahora, mientras llegaba el visado, solo cabía esperar… Se encontraba con la maleta preparada, pero en el dique de la espera. Fueron unos días sin sitio, como perdidos, hasta que la oración vino en su ayuda. Ocurrió la mañana que en la oración le pareció inútil tanta espera y se acordó de la infinita paciencia de Dios antes de pronunciar el: «Haya luz». Haya luz, y solo existía la espera. «Haya luz en la noche», pensó. La noche siempre interroga. Por eso, antes de que Dios pronunciara su palabra, «la noche cubría la faz del abismo». Venimos de la mayor de las noches y esperas. Por eso, cuando alcanzamos el día nos vemos ante una nueva espera.

Respiró despacio y se dirigió hacia la sacristía. Cuando vio los ornamentos se sintió como un viejo espantapájaros, empalado, pero sin tener a su alcance una piedra, rama o tela con que ahuyentar aquellos pensamientos que le asaltaban como negros vencejos.

Por ello, mientras se revestía y mascullaba las oraciones preparatorias para la misa, le pareció percibir que le había abandonado el espíritu, que volvería a hacer los gestos de siempre, pero como un autómata, o mejor, como un navegante sin brújula en la noche. Así que recordó un verso que había escrito y comenzó a repetirlo:

> *Por tu ausencia, mi Dios, estoy marcado.*
> *Por tu ausencia, mi Dios, estoy marcado.*

—Por tu ausencia —repitió, y se encaminó hacia el altar. Celebraría el sacramento de la fe…

Tras la celebración se arrodilló ante el sagrario para la acción de gracias. Alzó la cabeza y detuvo la mirada en los bajorrelieves que había en la madera: los cuatro evangelistas con un libro en las manos y, a sus pies, las representaciones minúsculas de un águila, un león, un toro y un ángel. Permaneció así, sin notar el tiempo, como un esposado al que se le hubiesen distendido los músculos y ya no le hicieran daño las argollas. Le cautivó el águila que yacía a los pies del que debía ser Juan.

«¿Cuál de los evangelios se escribió primero?», se preguntó. Recordaba que hacía tiempo intentó averiguarlo, pero fue imposible: las teorías se entrecruzaban y tuvo que reconocer que cada respuesta era afluente de nuevos ríos.

«¿Pero a quién importa el orden?», se dijo. Y pensó que los hombres siempre estamos trazando círculos alrededor del castillo sin atrevernos a entrar. Perdemos el tiempo estudiando la colocación de sus murallas y almenas, cuando lo bueno sería franquear la puerta que se nos abre. No importa tanto averiguar el ritmo de su construcción o la magnificencia de su fábrica cuanto llegar hasta sus aposentos y encontrarnos cara a cara con quien vive más allá de todas las preguntas, su constructor.

Y comenzó a sentir paz. Siempre le sucedía así. El maestro parecía venir en su ayuda. «Quizá sea verdad que un clavo sale con otro clavo y un pensamiento con otro pensamiento», se dijo. «Pensar en la Escritura, aunque solo sea como aprendiz de exégeta, me ayuda. Desde luego, el vacío y el desencanto desembocan en el destierro, y la palabra, como la nube sobre el arca, acude en ayuda de nuestra sequedad».

En ese momento recordó el evangelio que había proclamado en la misa: los discípulos se habían pasado la noche intentando pescar sin resultado alguno, así que volvían cansados y tristes. Volvían tal como él acababa de estar.

—¡Tanto bregar para nada! —le pareció que decían.

Pero desde el vaho de la orilla, como saliendo de la noche, se había movido la sombra de un desconocido gritando:

—Muchachos, ¿tenéis pescado?

La pregunta venía a hurgar en la herida… Y él, que se vio con los siete discípulos dentro de la barca, observó que ellos, como si quisieran espantar la peor de las obscuridades, gritaron a una:

—¡No!

«¡Nooo!», repitió el eco desde tierra. Y aquel «¡nooo!» los relajó.

«Es bueno hablar», se dijo. Es bueno soltar cuanto antes el problema. Cuando los problemas se verbalizan, duelen menos. Así que han dicho «¡no!» y se han aliviado.

Pero aquel desconocido volvió a hablar con asombrosa autoridad:

—¡Echad la red a la derecha y encontraréis!

Nadie movió un músculo, hasta que Pedro dijo:

—Ese deje no es el de un comerciante que busca pescado para los salazones de Turiquea o de Betsaida, ni mucho menos el de un médico que necesita hiel fresca para sus remedios. Ese es uno de los nuestros, un galileo. ¿Y si el hombre de la playa fuese un pescador? De noche el mar es misterioso. De noche, según donde te pongas, puedes descubrir la sombra de un banco de peces… Y nosotros volvemos con los faroles apagados. Quizá por eso nos ha hablado. ¡Qué cambiante es el mar!

Y sin pensar en el cansancio, Pedro se dobló sobre las redes y volvieron a echarlas a pesar de que las acababan de plegar. Las lanzaron por encima de la borda, lentamente, para que no se enredaran. Y según iban cayendo quedaban prendidas por los corchos flotadores, mientras la relinga, con su carga de plomo, se hundía buscando profundidades. La barca comenzó a girar y las sirgas a trazar un enorme arco. Mientras, algunos comenzaron a golpear el agua con los remos. Y cuando al fin se unieron los extremos de las cuerdas, una fuerza poderosa tiró de la barca. Pedro, Santiago y Juan aguantaron las redes con seguridad y tiento, mientras los otros se pusieron a remar más despacio.

Él observaba los rostros, los brazos y los torsos… Hasta que advirtió que se encontraba allí sin hacer nada, y, en ese instante, Juan gritó:

—¡Es el Señor!

A Pedro le faltó tiempo para soltar la cuerda y ceñirse la ropa. La red dio un golpe seco y zarandeó la barca igual que una ola, y entonces él se apresuró a ocupar el puesto dejado por Pedro. Se agachó y sostuvo la cuerda. Se hallaba entre Santiago y Juan intentando ser útil. La faena le absorbía. Se vio como un pescador más, mientras la luz del amanecer reflejaba el brillo de las escamas sobre la superficie. Y de pronto, una larga sombra, igual que el vuelo de las gaviotas, los cubrió. Por el sonido debería tratarse de un pájaro grandioso. Alzó la cabeza sin soltar la red y quedó sobrecogido: era un águila. Un águila majestuosa que trazaba un gigantesco círculo sobre el lago. Admirado, observó cómo la luz del amanecer la bruñía igual que si estuviese tallada en el firmamento. Un nuevo tirón de la red zarandeó la barca, y el sol, que ya apuntaba, lo cegó. Instintivamente, cerró los ojos y se llevó las manos al rostro…

Cuando advirtió dónde estaba, abrió los ojos. Tardaron en acostumbrarse a la penumbra del templo. Al fin, descubrió que se encontraba ante el sagrario, mirando el águila que levantaba la cabeza a los pies de Juan, el evangelista.

—Gracias por tu palabra, Señor —dijo—. En ella eres piedra, sostén, aposento y constructor.

Capítulo 2

«Si la familia es la patria del amor», se dijo, «yo soy una señal que supera los límites de esa patria».

Caminaba por la orilla del asfalto, la carretera despedía fuego. Miró hacia el oeste y contempló el tobogán de verdes montes arropados por el Turimiquire. Le pareció distinguir una mínima línea que tonsurara tanto monte.

—El camino de Río San Juan —dijo.

—¿Viene a ver al curioso? —le habían preguntado el día que se extravió por aquellos parajes.

—No, busco por dónde ir a las Piedras.

—¡Ah, como que se pasó, pues!

Aquel encuentro debieron aclarárselo, pero con el tiempo hasta celebraría misa *corpore insepulto* por uno de esos grandes «curiosos» que producen estas tierras. Vinieron gentes agradecidas desde los rincones más remotos de la República.

—Señor Julián, tiene don, lo suyo es puro don —le habían asegurado.

Ciertamente, el señor Julián tenía el don de curar. Curaba luxaciones, esguinces, torceduras y hasta hemorroides. Lo supo el día que a Orlando se le torció el dedo: ¡de qué verde ceniza se le había puesto! Estaba tan hinchado y prieto que recordaba a un ahogado. Pero, por la noche, se lo mostró diciendo:

—¡Padrecito, mire!

Y movió el dedo limpiamente.

—¿No te lo estropeaste?

—Sí, mas ya ve, señor Julián lo curó. Señor Julián tiene mano de santo.

«¿Mano de santo?», se había repetido a sí mismo. Y se limitó a preguntar:

—¿Y dónde fue?

—En Aricagua, mi padre.

—¡Bueno es saberlo!

Que curaba luxaciones lo comprobó personalmente. Ocurrió el día que encontró a Aquilino Durán en el bar de Nino.

—¿Por aquí otra vez, señor Durán? —preguntó nada más verlo.

—¡Patria chica que llama! —fue su respuesta.

—¿Y la familia?

—¡Ahí me va! Pero el redrojo se ha embromado y no se me para. A pata coja lo traigo.

—Pues cerca hay alguien con don para estos casos —había comentado él.

—¿Y si vamos, mi padre? —suplicó el señor Durán.

Y sin terciar más palabras partieron hacia Aricagua…

Una iguana que atravesaba la carretera le desvió de sus recuerdos. Se detuvo, respiró y notó una opresión fija en el pecho:

—¡Fastidioso calor!

Y volvió a sus recuerdos…

Cuando el carro de Aquilino Durán se detuvo en Aricagua, buscaron y encontraron al señor Julián. Al instante supo que sabía mandar. Siempre admiró a los que sabían mandar.

—Compadre —dijo el curioso mirando al señor Durán—, cómpreme una petaquita de ron.

Después, machete en mano, se acercó a una pita y en su mismo arranque, de un golpe seco, cortó una ancha y carnosa hoja. Con mimo y dominio fue limpiándola de sus filos espinosos. Muy despacio la abrió y extrajo toda la pulpa hasta que solo tuvo entre sus manos la flácida piel verde obscura. La tomó por sus extremos y la frotó sobre su muslo izquierdo, con tal seguridad y precisión que cuando detuvo el movimiento parecía suavecita y sedosa. Pidió una silla y dijo al cojo:

—¡Usted se me sienta y no se me apena, que yo no lo voy a embromar!

Y ordenó a Aquilino Durán:

—Se me pone tras el niño y lo aguanta.

Sentado sobre su talón, casi a ras del suelo, tomó entre sus manos el pie hinchado y, lentamente, comenzó a sobarlo. Los dedos parecían agua tras viejos cauces. Se detuvo. Quedó rígido. Y mirando al paciente exclamó:

—¡Ahoritica, demuestra lo macho que eres!

El niño esbozó una sonrisa. Señor Julián, moviendo la mano, dio un seco tirón y murmuró:

—¡Guapo que fuiste!

Abrió la petaquita de ron y la volcó sobre el tobillo. Prosiguió con un masaje de aliño y alivio. Después, con la sedosa piel verde obscura, vendó el pie.

—En una semana no se lo moja. Andar ya puede —fue su receta.

Y el hijo de Aquilino Durán se incorporó titubeante. Apoyó el pie en el suelo y quedó como varado. Se estiró, adelantó el pie y dio un paso, otro y otro…

Don Claudio contempló la carretera y sintió que se le nublaba la vista.

—Fastidioso calor. ¿No parece que me falta el aire?

Hablaba en voz alta. Respiró profundamente y un escalofrío lo destempló.

—Ya queda poco —dijo para animarse—. No más de unos cien metros. Se detuvo, miró hacia el sol y un raro torbellino lo envolvió.

—¡Que contrariedad, esta broma sí que no me la esperaba! Y a las once, el entierro de Luis Felipe. Puede que para entonces me encuentre mejor. Tití tocará el armonio mientras canta con ese tronco de trueno que tiene en la voz. Siempre que canta lo admiro. Nadie lo advierte porque sonrío hacia dentro. ¿Tú no sonríes también, Señor? —dijo mirando al cielo.

Dio un largo y oscuro ronquido y se desplomó sin recuerdos.

Capítulo 3

Don Claudio Campos se sentía cansado, tanto que no alcanzaba a descubrir luz alguna. Fue el oído el que vino en su ayuda. Aquel sonido parecía el de una voz. Lejana, pero voz. Voz que se abría paso y atravesaba la humedad y el escalofrío. Hizo un esfuerzo y agudizó el oído cuanto pudo. Sí, aquella voz, aquella dulzura de voz, ¿de quién podía ser? Ah, solo podía ser de ella, de la negra Beltrana. Era inconfundible. Era ella quien repetía:

—¡Qué susto, padrecito, qué susto!

Y sintió que la negra arrastraba su mano, con sabor a lija, bajo su barbilla. «¡Cuánto espacio miden manos negras!», pensó.

—¡Qué susto, padrecito, qué susto! —volvió a repetir seña Beltrana.

Después dijo con mando:

—¡Pero no se me enchinchorre, que no es bueno!

Y entonces él hizo un supremo esfuerzo, abrió los ojos, sacó los pies del viejo chinchorro, los miró y le parecieron estandartes boca abajo. Se dobló, los puso en el piso de cemento y le entraron ganas de volver a tenderse. Descubrió una cucaracha que corría entre las cholas y observó sus cortas y frenéticas carreras, tras las que se detenía en seco, como buscando memoria.

«Las cucarachas», pensó, «parecen animales programados. ¿Y si todos estuviésemos de alguna manera dirigidos? Ayer, bien otro me sentía…».

Alzó los ojos y alcanzó a ver un estante con medicinas.

—¿Estoy en la medicatura? —preguntó alzando la voz.

La negra Beltrana sonrió, asintiendo con la cabeza desde su bata blanca, y dijo:

—Padrecito, si se encuentra con fuerzas, ¿se quedará para oficiarles?

Don Claudio miró con ternura a seña Beltrana. Se meció en el chinchorro y aprovechando el vaivén del mismo se puso en pie. Al fin y al cabo, no estaba tan mal: oficiaría el entierro de Luis Felipe Óscar.

Dio unos pasos hasta la puerta de la medicatura y un áspero sol que rebotaba en las fachadas de bahareque, pintadas de rojo, azul o amarillo, lo acogió. Tanta luz le martirizaba los ojos. Con la mano izquierda intentó resguardar la vista y se encaminó, acera arriba, hacia el bar de seña Francisca.

Seña Francisca aliviaba una mesa de la basura que esperaba amontonada. Al verlo, se detuvo y exclamó:

—¡Qué de bueno por aquí!

A don Claudio, seña Francisca le parecía la animosidad personificada. La primera vez que entró en el bar llevaba unos meses por aquellos anejos de San Baltasar de los Arias. Fue la mañana que debió desplazarse, bien temprano, para un entierro. Llegó cuando solo faltaban minutos para el mismo. Venía tenso y con dolor en la nuca: la carretera de tierra, los precipicios y las curvas tenían la culpa. Se asomó a la iglesia y encontró la caja sobre dos borriquetes de hierro, pero acompañantes, deudos o amigos, ni uno. Y allí se quedó por más de hora y media acompañando al finado, hasta que apareció un indio que por todo saludo dijo:

—Perdone, padrecito, pero es que el hoyo se nos resistía. Más ahoritita venimos.

Él se limitó a responder:

—Pues dando una vueltica estoy, cuando lleguen me avisan.

Y salió tras el indio. Entonces fue cuando entró, por vez primera, en aquel bar… Ahora, también esperaría aquí el entierro de Luis Felipe Óscar.

—¿Y la familia, comadre?

—Bien, mi padre, los hombres por el conuco y las hijas —seña Francisca señaló hacia el patio que desembocaba en el cafetal— ahí fuera que están.

Don Claudio se sentó y ella le trajo un negrito.

—Tómeselo, que con estos calores apaga la sed.

Don Claudio tomó la taza y un penetrante olor a café ascendió hasta él.

—Comadre, ¿no tiene una aspirina?

Seña Francisca le trajo una en la palma de su mano.

Desde su asiento se divisaban las estribaciones del Turimiquire. Don Claudio se quedó mirando las altas montañas. Le hubiera gustado sobrevolar su parroquia. «La cercanía es imprescindible en el amor», pensó. Y se imaginó contemplando, a vista de pájaro, los mil doscientos kilómetros cuadrados de su distrito. ¡Desde aquella altura cómo gozaría viendo cada conuco, cafetal, quebrada y casa!

—Desde luego —se dijo—, la cercanía y el conocimiento son imprescindibles, pues la gramática del conocimiento «encarnación» se llama. Por ello, conocer una feligresía exige salir al descampado en busca de la oveja perdida.

Alzó la cabeza y preguntó a seña Francisca:

—¿Y qué hubo, pues?

—Lo de siempre, ya ve. ¡Ah! A compadre Ignacio lo trajeron maluco, parece que ni alivio alcanza.

—¿Y dónde me lo tienen?

—Ahí mismito, en casa de su hija, la Morocha.

Don Claudio bebió el último sorbo, se levantó de la mesa, volvió a sonreír y salió de nuevo a la calle.

Capítulo 4

—¡Buenos días!

Don Claudio saludó a una jovencita que venía desde el interior de la casa. Tenía rasgos aindiados y observaba desde la seriedad.

—No te conozco —prosiguió él—, como que viniste de más allá de Río Caribe.

La indita inició una leve sonrisa.

—¿Quién se te enfermó? —preguntó, al tiempo que alguien desde el interior gritaba:

—Florinda, ¿quién es?

—¡El padrecito!

—¡Pues qué carajo, que entre!

Y don Claudio entró. Faltaban varias losas en el pasillo. Olía mal y se detuvo ante una pesada cortina, la levantó y una atmósfera descompuesta le azotó el rostro. Agachó la cabeza en ademán de traspasar la puerta, pero no pudo. Encogió la nariz y torciendo la cara intentó airear sus fosas nasales: venteó e inspiró con recelo. De soslayo miró hacia la mínima habitación y descubrió unos ojos inmensamente refractarios. Don Claudio sabía que en la hora de la desnudez, cuando los asideros estorban y el vivir resultaba la más brava pelea, solo el amor en cercanía ayuda. Así que sacó fuerzas y estómago y entró en la alcoba.

—Cuesta trabajo, padrecito. Hay quienes se quedan en la puerta alegando prisas —dijo con tristeza y aplomo el enfermo.

Don Claudio se limitó a preguntar:

—¿Cuántos días lleva por aquí?

—Como una semana.

—¿Y lo vio el doctor?

—Sí, ayer no más.

El olor a carne descompuesta le estallaba en el estómago, se pellizcó la mano y dijo:

—Perdone, ya vuelvo.

Y salió rápido. Era tan penetrante y suyo el olor que le dolía el pecho. En la puerta, la india contemplaba las montañas. Don Claudio respiró varias veces, sonrió a la joven, miró el soberbio macizo y volvió a entrar.

—¿Cómo se llama? —preguntó al enfermo—. ¡Antes no me lo dijo!

—No lo pidió. Ignacio Briceño, padrecito.

—¿Y cuánto hace que enfermó, señor Briceño?

—Más de tres meses. Fue cosa de un grano que todo lo va pudriendo. Y según parece, no tiene remedio. A lo que viene de camino ya se le ha cumplido el plazo.

Los dos quedaron en silencio. Don Claudio notó que el olor llegaba en oleadas y preguntó para romper su tensión:

—Señor Briceño, ¿cómo ve el país?

—Tan jodido como el que habla. Menudos granos le han salido. Casi todo es puro grano.

—Sí, pero los campesinos, al menos por aquí, pusieron mucha confianza en el doctor Jóvito.

—Y tan cierto que lo es, mi padre, pero mejor no recordarlo. Un hombre con cicatrices por la libertad era el hombre. Pero menudo tronco de vaina nos echaron. Llegaron en plan jalabolas y tan se lo creyeron que adiós, urredistas.

—Señor Briceño, ¡usted como que lideró!

—Un alguito sí que hubo.

—¡Abuelo! —gritó la niña desde la puerta—. ¡Viene la Morocha!

Don Claudio alargó la mano a Ignacio Briceño y dijo:

—Mi urredista, tenemos que seguir hablando. El lunes no más, vengo y echamos otra parrafada.

El enfermo musitó:

—A mí me toca esperar… Si usted viene y sigo vivo, seguro que estaré.

—Señor Briceño —preguntó despidiéndose—, ¿rezamos un padrenuestro?

—¡Cómo no! ¿Y por qué no me da el sacramento, mi padre?

—¿Desea confesarse?

—Para eso vino, ¿o me equivoco?

Don Claudio miró al señor Briceño y soltó una carcajada. Por primera vez olvidó el olor y su estómago. Sacó de su bolsillo una pequeña estola morada, la besó y la puso sobre sus hombros. Después dijo:

—Ave María purísima.

Y entró en el más profundo de los silencios suplicando: «Padre, porque tú eres el único que nos conoces y amas de verdad, concédeme ser cauce de tu amor…».

Cuando concluyó el sacramento, se puso en pie y dio un fuerte apretón de manos al señor Briceño al tiempo que decía:

—Los políticos deberían ser expertos en humanismo.

Ignacio Briceño no dejaba de mirarlo con los ojos iluminados.

En la puerta de la casa se despidió de la Morocha y su hija, miró hacia las montañas y soltó un profundo suspiro. Entonces aceleró el paso, le esperaba el entierro…

Capítulo 5

Cuando don Claudio, ya revestido, abrió la puerta de la sacristía, el murmullo de la gente le pareció una bofetada. Se encaminó hacia el presbiterio y un siseo se alargó sobre las cabezas hasta que se hizo el silencio. Don Claudio puso las dos manos sobre la mesa de altar y se inclinó para darle el beso que abre toda eucaristía. «La liturgia conserva algunos gestos que agradan al Señor», se dijo. Enderezó su espalda y contempló la asamblea. Paseó su mirada sobre las dos filas de bancas, repletas de pueblo, y sonrió levemente. Pero, de pronto, descubrió que en lugar de una caja de difuntos, como él esperaba, había dos. Miró a los deudos y no consiguió ver nada anormal: en los primeros bancos, a su izquierda, Concho de Santiago con su familia; en las bancas de su derecha, la esposa del finado y sus hijas. Don Claudio quedó perplejo y el murmullo pareció despegar de nuevo. Tití se abstuvo de aporrear el pequeño armonio portátil y se acercó al altar.

—¿De quién es el otro cadáver? —preguntó.

—Hay uno solo, mi padre. Una de las urnas está vacía. Después le explico.

—¡Ah!

Y don Claudio se encogió de hombros e intentó iniciar la más seria singladura. Contempló a su gente con cariño, elevó la mano y trazó el signo de la cruz. Este era el pistoletazo y ya, irremediablemente, entraba en un tiempo único, en un tiempo fuera del tiempo. Don Claudio invitó a la asamblea a arrepentirse de tanto pecado o despiste como a veces se comete. Se recogió en una postura de ensimismamiento y permaneció así un intenso instante. Levantó los ojos y tropezó con los dos féretros.

«Pero ¿por qué dos?», se preguntó, e inmediatamente espantó su pensamiento diciendo:

—Yo confieso ante Dios todopoderoso...

Tras el *Señor, ten piedad* observó de nuevo la asamblea y vio que la trigueñita Zoraida se acercaba al ambón para hacer la primera lectura.

Siempre que se proclamaban aquellos versículos de la carta a los romanos («Si somos infieles, Él permanece fiel, porque no puede negarse a sí mismo») sentía un claroscuro en su interior.

«¡Qué bueno!», pensaba. «Dios no puede negarse a sí mismo, no puede dejar de ser Dios, no puede despojarse de su identidad. Dios, entonces, ha de amar a los condenados. Si Dios es amor, hasta el condenado lo es por amor. Y el infierno también debe ser obra del amor. Quizá solo sea infierno porque el condenado se ha incapacitado para responder al amor»

Notó que el salmo responsorial había concluido y que esperaban la lectura del Evangelio. Se puso en pie y lentamente se dirigió hacia el ambón.

—El Señor esté con ustedes.

—Y con tu espíritu —respondió el pueblo.

Cuando concluyó la lectura, el pueblo se sentó. Él sonrió a los asistentes e inició la homilía:

—«¡Lázaro, sal fuera!», gritó Jesús. ¿Han observado que Jesús aparece en el Evangelio gritando, suspirando, llorando y contemplando? Jesús expresaba sus sentimientos como nosotros. Nosotros estamos aquí, y este simple estar debe ser una expresión de lo que sentimos. ¿Qué sentimos además de la fe? Algunos quizá cariño hacia esta familia o amistad hacia el difunto. Fijaos: amistad hacia el finado. Mas ¿cómo amistad, si ya es cadáver? Nosotros creemos —don Claudio se abstuvo de señalar a ninguna de las dos cajas— que el cadáver no es Luis Felipe Óscar. Luis Felipe vive. Por eso, esperamos que Dios misericordioso lo haya perdonado y reciba en sus moradas. Y para que goce cuanto antes de la luz divina, ofrecemos nuestra oración por el amigo. Más aún, también acompañamos a los familiares en su dolor. —Y don Claudio señaló hacia los bancos de los deudos—. Por lo que, en nombre de los presentes y en el de la parroquia, yo les doy el más sentido pésame al tiempo que me alegra compartir con todos ustedes la fe y esperanza cristiana.

Don Claudio permaneció un instante en silencio. Sabía que no era buen predicador, por eso, tras cada homilía, padecía una pequeña sensación de fracaso. Pero la superaba con una tímida sonrisa. Nunca olvidaría que un Jueves Santo, después de predicar sobre el amor incondicional de Jesús, sintió más viva que nunca su impotencia. Y que, precisamente aquel día, una señora se le acercó y dijo: «Gracias, muchas gracias, hoy he encontrado la razón para aceptar al hijo que llevo dentro». Hizo un gesto y la asamblea se puso en pie.

Tras el ofertorio, la liturgia entró en el desfiladero del prefacio. Después del *sanctus*, con todos arrodillados, mostró la oblea entre sus manos, se inclinó y fue desgranando las palabras hechas recuerdo y presencia:

—El cual, cuando iba a ser entregado a su pasión, voluntariamente aceptada, tomó pan dándote gracias, lo partió y dio a sus discípulos diciendo: «Tomad y comed todos de él, porque esto es mi cuerpo, que será entregado por vosotros».

Se enderezó, elevó la sagrada forma y la mantuvo en el aire unos segundos. «Esto, su cuerpo», pensó. «Esto, pan partido y entregado». Y la oblea le retemblaba levemente entre los dedos.

Tras consagrar el cáliz, dijo con voz segura:

—Este es el sacramento de nuestra fe.

Y el pueblo respondió:

—Anunciamos tu muerte, proclamamos tu resurrección. Ven, señor Jesús.

«¡Muerte y resurrección unidas! La vida parece puro tránsito…», se dijo.

Al llegar a la petición por los difuntos se detuvo un instante y, muy despacio para que lo oyera todo el mundo, pronunció el nombre de Luis Felipe Óscar. Después cerró los ojos, como invitando a orar por el finado, y una de las hijas aprovechó ese instante para emitir un ostentoso suspiro.

Don Claudio elevó el pan y el cáliz al tiempo que recitaba la doxología, y el pueblo respondió cantando, por tres veces, el gran amén. Después invitó a la asamblea para que dijera la oración que nos había enseñado el Señor. Y tras el padrenuestro, mientras el pueblo se deseaba la paz, un leve murmullo se alzó, pero esta vez la gente sonreía al decirse:

—¡La paz sea contigo!

Hizo una genuflexión, sostuvo entre sus dedos la sagrada forma y con voz clara exclamó:

—Este es el cordero de Dios que quita el pecado del mundo.

Y como una superficie de olas que se atropellaran, sonaron las palabras del pueblo:

—Señor, no soy digno de que entres en mi morada, pero una palabra tuya bastará para sanarme. Señor, no soy digno de que… Señor, no soy…

Don Claudio comió el pan, bebió el vino y oró interiormente: «Gracias, mi Dios, por tanta cercanía. Estoy en el prodigio de tu amor, gracias…». Levantó los ojos, miró al pueblo y notó un leve movimiento. Tomó el copón y descendió las gradas del presbiterio.

Cuando Hilda, la última en comulgar, se alejó hacia su sitio, don Claudio volvió al altar y tras purificar los vasos sagrados, se sentó en la silla que hacía de sede y dio gracias por lo que acababa de acontecer: una vez más, se había encontrado con su Dios en la comunidad, la palabra y la eucaristía. Y una vez más no sabía cómo darle gracias. Por lo que se limitó a repetir:

—¡Gracias, mi Dios! ¡Gracias, padre, hijo y espíritu santo! Amén.

Se puso en pie y, tras la oración final, con el ritual de exequias en la mano rezó un responso y abrió el cortejo hacia la puerta del templo. Esperó que salieran y se detuvieran los féretros, pero como ignoraba en cuál se hallaba el cadáver, sobre los dos descargó, por tres veces, el hisopo lleno de agua bendita. Hizo una leve inclinación de cabeza y el monaguillo con la cruz alzada, Tití y él abrieron el cortejo.

El cementerio se hallaba en un repecho, al final de la única calle del poblado. Tití comenzó a hablar con cierto nerviosismo:

—Todo son pendejadas, mi padre. La doña de Luis Felipe lo abandonó, como usted sabe. Y hoy no más que se presenta con la urna para el entierro. Entonces, Concho va y dice: «A mi hermano ni se le toca». Pues colocadito en su caja que me lo tenía. Y por eso mandó la doña la suya a la iglesia. Y allí la encontramos.

Don Claudio volteó la cabeza, vio los dos féretros y advirtió que el vacío debía ser el primero, pues tras él solo marchaba la esposa con sus hijas, mientras el pueblo, con Concho de Santiago a la cabeza, se agolpaba tras el segundo. Don Claudio, con los ojos húmedos, contempló el cortejo, hasta que le distrajo una especie de ardor que le subía desde el estómago. Intentó eructar y el olor de Ignacio Briceño se le vino a la boca. Sus maxilares se pusieron tensos. Se detuvo un instante y un escalofrío le recorrió el pecho.

—Qué raro, el negrito debió sentarme mal.

Miró al organista al tiempo que le suplicaba:

—Ayúdame a ascender el repecho.

El bueno de Tití sonrió ofreciéndole el brazo. A la puerta del camposanto, dos araguaneyes con sus flores amarillas daban la bienvenida.

—El árbol nacional —dijo Tití.

Don Claudio, al asentir con la cabeza, advirtió que la capa pluvial se le torcía hacia la izquierda. Pero cuando los portadores dejaron los féretros en el suelo, decidió pronunciar unas palabras, antes de las últimas preces. Por lo que, tras esperar a los rezagados, comenzó:

—Quizá piensen ustedes que es un disparate la presencia de dos cajas —los que le rodeaban se acercaron más—, pero puede que solo representen una cierta manera de manifestar el amor. La esposa ha sido capaz de venir desde la capital y demostrar así la importancia que el difunto tuvo en su vida. Es más, sin saber que ya tenía ataúd, compró uno. Y Concho se ha comportado, hasta el final, como un buen hermano. Estamos entonces en presencia de algo que todos necesitamos: amor. Que estos dos gestos de amor —don Claudio miró hacia los deudos— no sirvan para separar, sino para perdonar; no sirvan para dividir, sino para unir. —Se tomó una breve pausa y prosiguió—: Pero esta familia tiene un problema. —Miró a todos los presentes y habló sin bajar la mirada—: Hay un solo hoyo y tenemos dos féretros. ¿Qué hacer? —Se hizo un gran silencio y él dijo—: Yo propongo, si la familia lo acepta, que se deje el féretro vacío en la medicatura para el primero que muera sin posibles, con eso esta obra de amor seguirá viva…

Don Claudio bajó los ojos y esperó. Cuando alzó la vista, la esposa del finado, tras dirigirle entre lágrimas una mueca que quería ser sonrisa, tomó el asa de su caja y la separó unos metros del hoyo. Después sonrió y volvió junto a sus hijas.

Don Claudio hizo la señal de la cruz y dijo:

—Ahorita sí que podemos rezar el padrenuestro…

Capítulo 6

A las 12:30 don Claudio subió a la camioneta. El señor Presentación Acosta, por respeto, le reservaba siempre un asiento en la cabina. En el cajón de atrás, sobre dos pequeños bancos amarrados con cabuyas, se sentaban los pocos pasajeros.

La carretera se precipitaba desde los altos de Cocollar. Era terriza y a su derecha se abrían descolgaderos, farallones y torrenteras. Se respiraba vida. Pero a don Claudio aquellos barrancos y hondonadas le producían vértigo, por eso solo muy de tarde en tarde se le desviaba la mirada hacia la exuberante vegetación que ascendía desde las más profundas quebradas.

Cuando concluyó el descenso, entraron en el valle y divisaron la capital del distrito.

Presentación Acosta, ya relajado, comenzó a hablar:

—Otra vez que bajamos, mi padre.

—El camino que impone —dijo don Claudio con la mano en la nuca.

—Más de uno bien caro que pagó su falta de respeto.

—Lo exige este suelo.

—Suelo con sabor a guerrillero —añadió Presentación bajando la voz.

Esas palabras le recordaron el día en que muy de mañana se le presentó Juancho y, sin quitarse el sombrero de cogollo, le espetó:

—Vengo con una exigencia, padrecito. ¿Qué puedo hacer yo? Se acercan muchachos, allá arribota, y que son de la guerrilla. Mas piden gallina y pagan; saco café y ayudan. Después vienen militares…

—¿Y bien? —le había interrogado él por si remataba la pregunta.

—Pues ya ve usted, ¿qué pueda yo hacer si nada he visto?

«¡Cómo cambiarían las cosas si diéramos su valor a las palabras!», se decía don Claudio cuando la primera calle del pueblo corría ante sus ojos.

Bajó de la camioneta, atravesó plaza Montes y entró en la casa parroquial. Se abría a una pequeña galería con un mínimo patio interior. En el centro del mismo, un árbol de Pascua cargado de hojas rojas matizaba la fuerte luz del mediodía. Nada más entrar, se acercó a la nevera y tomó una botella de agua: agua hervida, aireada y puesta a enfriar. Era la única manera de evitar las diarreas. Bebió un trago y contempló la comida que le había dejado sobre la mesa Aurora: arroz blanco y caraotas negras con plátano frito. Comió y fue a sentarse en su ture…

Le pesaba el cuerpo y sintió una rara inseguridad. Se vio desconcertado hasta que se le impuso la letra de una canción cargada de viejos recuerdos: «Grano de trigo soy, segado y trillado en tu era, Señor…». Y se vio como un grano perdido entre la parva de una inmensa era. Mas de pronto una serie de golpes secos se le impusieron. Le recordaban los de aquella tarde noche que eligieron la reina de los Carnavales y, nada más leer el último voto, se produjo tal corrimiento y desasosiego que los policías se hundieron en la prefectura y él no sabía qué hacer. Cuando, de pronto, aparece un agente, fusil en mano, y se pone a disparar sin saber contra quién o contra qué. Aquel «trac, trac, trac» metálico, seguido de los penetrantes pitidos de mando de los agentes, produjo la más tremenda e insegura de las confusiones.

Pero aquellos disparos no eran los golpes que estaba oyendo. No, ahora sentía calor y frío. «Qué raro», se dijo, «verano e invierno a un tiempo». Y se descubrió nadando en un lago helado del que brotaban altísimas torretas de fuego. Braceó tanto que llegó a convertirse, en una ola que intentaba alcanzar la orilla, una ola en continuo ascenso. Hasta que una mano de poderosa resaca lo sepultó en la más negra de las oscuridades…

Ignoraba cuánto tiempo llevaba así. Otra vez volvieron los golpes, secos, incansables, cada vez más compactos. Resonaban con tanta fuerza que parecía el trote lejano de cientos de cascos que se aproximaran a toda velocidad. Cuando al fin pudo concentrar el oído sobre aquel poderoso redoble, descubrió que era la lluvia tropical que le despertaba.

Se puso en pie. Se estiró y pensó que se encontraba despejado. Notó que la ropa se le pegaba al cuerpo: estaba ensopado. Debería darse una ducha.

A las tres de la tarde dejó de llover. Don Claudio salió a la calle y se encaminó hacia plaza Bolívar. El sol quemaba y el suelo despedía vaharadas de pegajoso vapor, como si la tierra respirase.

En calle Sucre se detuvo en el bar de Nino, quien por un real, en un vaso de cartón, le sirvió un negrito. Se tomó el café y se encaminó hacia el viejo templo colonial de baldosas rojas. Se dirigió hacia la nave de la izquierda, donde estaba el sagrario. Se arrodilló y signó tan despacio que parecía abrazar la santa cruz. Este era su particular corcel para entrar en oración. Después exclamó:

—¡Señor!

Y quedó inmóvil, como si le sobrecogiese aquel instante.

—¡Señor! —volvió a repetir—. ¡Aquí estoy! ¡Aquí! —dijo mirando hacia el sagrario. Y sintió amor por aquel templo, pueblo, nación y por todo el mundo. Y se quedó mirando el sagrario y sonriendo—. ¡Señor, vengo en nombre de todos, aunque más directamente de los míos! —Y recordó el entierro de Luis Felipe Óscar, el olor del señor Briceño y los rostros de Juancho y su familia cruzando el puente colgante…

Se le agolparon rostros de niños. Niños con parásitos en sus abultados vientres. Niños que bateaban con un trozo de palo a un pícher imaginario. Niños…

Y contempló, con dolor, cortadores de zafra a ocho bolívares jornada y a jóvenes innumerables e incansables, como burbujas en ebullición. Y él, en un gesto mecánico, alargó la mano no sabiendo cómo ayudar a los jóvenes. Pero las burbujas quemaban. Y vio madres, doloridas madres que ascendían a un gigantesco podio formado por los brazos de los niños, de los jóvenes y mayores.

—Benditas madres de esta maravillosa tierra —exclamó, y añadió—: ¡Señor, aquí estoy, me ofrezco por todos!

Y comenzó a nombrar a sus feligreses y a pedir por cada uno de ellos. Después repitió lentamente:

—Yo te adoro en nombre de todos…

Cerró los ojos y mentalmente se postró ante Dios. Y entonces se vio solo, tartamudo y solo, igual que el libertador de Israel, solo ante un fuego inextinguible, ante una luz que le era cálida presencia. Y así, atraído por la claridad de esa luz, estuvo sin saber cuánto. Hasta que de pronto sintió la puya de un zancudo. Se dio una palmada en la frente, movió la cabeza y dijo:

—Señor, en nombre de este pueblo, te amo. Te amo por todos. Especialmente por los que te ignoran…

Y la presencia de una alegría transparente le embargó. Y él quiso hacerse agradecimiento vivo. Y esperó gustando la alegría de aquella paz, pues sabía que Dios habla como y cuando quiere. Y en una profunda y pausada inclinación, invitó a su cuerpo para que se uniera a su acción de gracias. Y permaneció así sin saber cuánto. Después comenzó a decir:

—¡Señor Jesús, ten misericordia de mí! —Y lo volvió a repetir—: ¡Señor Jesús, ten misericordia de mí!

No supo cuántas veces repitió esa plegaria, hasta que se le impuso la imagen del rascaíto que, con increíble capacidad, mantenía el equilibrio mientras se acercaba al altar y pretendía beber del mismísimo cáliz.

Don Claudio notó que ese recuerdo le llevaba a la rabia de aquel día, e intentó volver a la oración:

—Señor Jesús, ten misericordia de mí —dijo de nuevo.

Pero una vez más se vio celebrando con tal fervor que se sentía feliz, flotando ante el altar, hasta que le vino de nuevo el recuerdo del borrachito que atravesaba el templo y, ¡ay!, venía a apoyarse en el altar. Y él, una vez más, se sintió nervioso y se le contrajo el rostro.

Observó entonces que su nueva distracción le había llevado al desamor y se sintió profundamente humillado, hasta que suplicó por todos los borrachos del mundo. Y mirando al sagrario, sonrió y dijo:

—¡Señor, te pido perdón porque no doy la talla, no doy la talla en el amor! Señor, tú amas a los pobres no porque son buenos, sino porque son pobres. ¿Y yo? ¡Ay, Señor!

Volvió a sonreír. Contempló el sagrario. Hizo una inclinación. Se puso de pie, abrió el libro de las horas y comenzó el rezo de vísperas.

A las 16:30 entraron dos señoras. Don Claudio oyó que se acercaban.

—Buenas tardes, padrecito —susurraron al pasar.

Don Claudio respondió con una leve inclinación de cabeza. Concluyó el rezo de vísperas y se arrodilló un instante al tiempo que decía:

—Amén.

Se irguió y marchó a la calle.

Capítulo 7

Por la plaza, frente a la puerta de la iglesia, caminaban el doctor Caramillo y su compadre Ismael, el turco. El señor Ismael no era turco, sino libanés, pero egipcios, libaneses o sirios, todos eran turcos para los venezolanos. El doctor no ejercía en leyes, sino que administraba la hacienda de su consorte, doña Constanza Barrionuevo. Y mientras pasaban, don Claudio alcanzó a oír:

—Se estropeó la vaina, compadre. Hoy mismo me lo despido.

El sacerdote frunció el ceño y movió la cabeza, pues había oído hablar de las desavenencias entre el doctor y la familia que cuidaba: Hacienda el Trapiche. Mientras los compadres se alejaban, don Claudio recordó que el turco Ismael había sido el primer comerciante extranjero que vino a aposentarse en el distrito, hacía tantos años que sus hijos y nietos habían nacido en Venezuela. Llegó, según le contaron, con un par de bestias cargadas de ropa y zapatos, alquiló una habitación en una bocacalle de plaza Bolívar, puso dos grandes cajas que servían de mostrador y se sentó. Gracias a que pudo vender uno de los animales, salió adelante.

—La paciencia de un turco tras su mercancía es más grande que la indiferencia criolla —dijo don Claudio en voz alta.

Levantó los ojos y observó que el doctor y su compadre doblaban la esquina camino de plaza Montes.

—Esperemos que no se estropeen las personas —musitó.

Y comenzó a pasear, mientras llegaban los críos para la catequesis.

Luis y Carmita esperaban la entrada de los últimos niños. Don Claudio les hablaría y después, en pequeños grupos, recibirían la nueva catequesis. Cuando los vio sentados atravesó el pasillo. Hizo muy despacio la genuflexión. Se volteó de cara a los críos y paseó la mirada por cada uno de sus rostros. Sonrió ampliamente, se llevó el índice a los labios y se creó un absorto silencio. Permaneció encogido, se enderezó y elevó hasta ponerse de puntillas. Entonces, comenzó a moverse igual que un mimo que iniciara la más sigilosa de las ascensiones. Los niños nerviosearon.

—Vamos a entrar —dijo, apuntando con las manos hacia su pecho— dentro de nosotros…

Detuvo la marcha hasta quedar quieto, recogido, inmóvil. Los niños miraban boquiabiertos.

—Hemos llegado a la iglesia y estamos ante el Señor, ahorita le vamos a dar las buenas tardes. ¡Rubén! —dijo alzando la voz—. ¿Cómo se las darías tú al Señor? —Y señaló hacia el segundo banco.

—¿Cómo estás, pues, Señor? —titubeó el niño.

—¡Muy bien! Digamos todos muy bajito: ¿cómo estás, pues, Señor?

Y los niños lo repitieron.

—El Señor siempre nos escucha y desea que le digamos cómo estamos nosotros. ¿Estamos alegres, apenados o con un problemilla? ¡Vamos!, cuéntenselo al Señor.

Y tras unos momentos de silencio, tosió y los críos alzaron la vista. Don Claudio respiró profundamente y los niños hicieron lo mismo.

—¡Ah! —dijo sonriendo—. Vamos a ver si Hildegar recuerda lo que aprendió en la última catequesis.

Hildegar se paró y abrió la boca. No pronunció palabra, pero se llevó el índice a la nariz y exclamó de un tirón:

—¡Ya me acuerdo! Que el señor Dios hizo al hombre para que el hombre se haga hermano.

—¡Muy bien! ¿Y cómo explicó eso la catequista?

—Pues…, mi catequista —dijo sonriendo— nos pidió que hiciéramos dos listas: una con las cosas que nos hacen buenos hermanos y otra con las que nos hacen nadita hermanos.

—¡Ajá! ¡Atenta que estuviste! Recordemos esa lista, Óscar: ¿cuándo dejamos de ser buenos hermanos?

—No somos buenos hermanos cuando le quitamos a otro la pelota —contestó Óscar.

Don Claudio fue señalando hacia las cabezas de los críos y ellos respondían:

—Cuando nos peleamos, cuando no prestamos…

Hasta que una pequeñita dijo:

—Cuando no nos queremos.

—¡Ajá! —volvió a decir Don Claudio—. ¿Y cómo podremos querernos más?

—Pues… escuchándonos —dijo Rosa, la catire.

—¡Bien, muy bien! ¡Escuchándonos!

Don Claudio colocó su mano en la oreja y preguntó:

—¿Y con qué escuchan las personas?

—¡Con los oídos! —dijeron muchos.

Don Claudio se llevó la mano a la boca y sonrió.

—¡Con la boca! —dijeron varios.

Señaló con los dedos los ojos y los abrió cuanto pudo.

—¡Con los ojos! —dijeron casi todos.

Colocó las manos sobre su pecho.

—¡Con el corazón! —respondieron.

—Bien, pero vamos a ver si saben lo que están diciendo. Freddy, ¿cuándo es que tú escuchas con los oídos?

—Pues… cuando mi madre dice «tráeme esto de la bodeguita», y yo voy, pues.

—Muy bien. Coromoto, ¿y tú, cuándo escuchas con la boca?

—Pues cuando la maestra cuenta la historia patria y yo no echo pico.

—¡Qué bueno! Pancho, ¿y cuándo con los ojos?

—Cuando usted habla y yo lo miro —dijo con una gran sonrisa.

—¡Gracias! Maritza, ¿y cuándo con el corazón?

—Cuando quiero a las personas —dijo encogiéndose de hombros.

—Cuando yo quiero a usted y a usted y a usted… —Y don Claudio fue señalando a todos y cada uno de los niños, que se removían de puro gusto—. Hoy estoy más contento que unas pascuas. ¡Qué bien se saben la lección! Os felicito a vosotros y a los catequistas. Por eso, os voy a contar una historia.

Y don Claudio habló de dos hermanitos mal vestidos y con hambre, que hurgando entre los cubos de basura encontraron un bote con un alguito de leche condensada en su interior. El hermanito mayor lo cogió, se fue a la pluma más cercana, lo llenó de agua y con un palito la fue removiendo hasta convertirla en pura leche. Y entonces, el más pequeño, cuando vio aquel bote lleno de blanca leche, dijo mirando a su hermano:

—¿Y cómo la repartimos?

Y el que tenía el bote en sus manos miró al pequeño y respondió:

—Creo que es fácil: tú le das un sorbo y yo otro; así, tú uno y yo otro, hasta que se acabe.

Y alargó el bote a su hermanito.

Don Claudio hablaba muy despacio.

—El más pequeño lo cogió y dio su primer sorbo, después se lo devolvió al hermano. Y cuando el mayor se disponía a beber, tomó el bote, lo llevó a sus labios, apretó los labios sobre el filo y, sin despegarlos, lo empinó, pero no tragó nadita. Después lo pasó a su hermanito y este volvió a beber. Y así el hermano mayor, apretando los labios sobre los bordes de hojalata, regaló todita la leche del bote al pequeño. Y el pequeño, sin darse cuenta, se la bebió toda. Después, se pusieron a dar patadas al bote como si se tratara de una pelota.

Don Claudio sonrió ante el absorto silencio de los críos y les dijo:

—El próximo sábado me explican lo que les enseña, a cada uno, esta historia de los dos hermanos y el bote de leche.

Y mientras los niños se repartían en grupos, don Claudio salió a la puerta del templo, uno de los más bellos lugares del pueblo: el gigantesco samán, escoltado por chaguaramos, araguaneyes y exuberantes helechos, reflejaba la capacidad de su pueblo.

«¿Por qué los pueblos se parecen a sus plazas y jardines? La magnanimidad de esta plaza es la de sus gentes. Son magnánimos. Cuanto tocan lo contagian con su grandeza. Quizá por eso no tienen tope. Y si bailan, son incansables; y si beben, no tienen fondo; y si aman, es de verdad. Espléndido pueblo este», se dijo. Y recordó sus primeras fiestas patronales en Arenas: se sintió atraído por una música bailable que salía de una de tantas casas de bahareque, y se acercó a ver cómo se divertía su gente. En una mediana habitación, con el suelo de tierra, más de quince parejas bien apretujaditas giraban al mismo ritmo y compás. Tamaña sincronía le pareció una peonza humana que hubiese sido acoplada por el mejor director de escena. Y aquellos cuerpos que transpiraban al calor del trópico, al calor del alcohol y de los otros cuerpos se paralizaron al verlo, quedaron inmóviles, y uno exclamó:

—¡Padrecito! ¿No quiere un palito de ron?

Don Claudio comprendió entonces que para este pueblo era muy otra la medida de las cosas.

De todos los árboles de plaza Bolívar, le atraía muy especialmente uno que había quedado como rezagado y solo. ¿O era el adelantado del resto? Hacia él se le iba la mirada, hasta el punto de que en algunos momentos se olvidaba de todo, contemplando aquel hermoso flamboyán con sus flores rojas.

Y en esto, el griterío de los críos que salían de la catequesis se le impuso. Resultaba un espectáculo verlos en ese momento. Se habían arrodillado unos segundos ante el sagrario y, después, en una aceleración progresiva se disparaban hacia la puerta. Cerca ya de la salida les costaba Dios y ayuda no atropellarse.

—¡Bueno, pues! —dijo don Claudio al último crío que abandonaba el templo.

Él volvió a entrar. Cuando alcanzó la nave central, un fuerte olor a transpiración animal pesaba en el aire. Así que abrió las dos grandes puertas laterales y el sofoco de la tarde ensartó las naves de la iglesia. Era la hora del primer toque, debía preparar los ornamentos.

En la sacristía, seña Tofita limpiaba el suelo de hojas y restos de flores.

—Buenas tardes —dijo al verlo.

—Muy buenas, seña Tofita. ¿Cómo le fue?

—Bien, ¿le gustan?

Don Claudio contempló las flores, sonrió y dijo:

—¡Qué belleza!

Y ella salió con el florero hacia el altar mientras don Claudio colocaba sobre la cajonera la casulla verde, la estola, el cíngulo, el alba y el amito. Abrió un pequeño aparador, sacó el cáliz con su patena y sus corporales. Extendió los corporales y puso en el centro de ellos la palia. Los dobló e introdujo en su bolsa. Colocó sobre el cáliz la patena con la oblea, y de un pequeño estante tomó el misal y el leccionario. Registró los dos libros y volteó la cabeza: Orlando entraba en ese momento.

—¿Cómo te fue?

—Estoy llegando. Me dieron una colita.

Orlando estudiaba en la Universidad de Oriente.

—¿Quieres preparar las vinajeras y el lavabo? —le dijo.

—¡Cómo no!

Don Claudio se puso el amito, el alba y se ciñó el cíngulo. Buscó una estola morada y salió hacia la iglesia. Al pasar ante el sagrario, rezó:

—Señor, concédeme sabiduría para que sepa dar tu perdón y tu palabra a cuantos reciban el sacramento de tu misericordia. Amén.

A don Claudio le gustaba concluir sus oraciones con el amén. El amén era su ancla. Bien sabía él que el amén es la firma de la fe. Por eso, cuanta súplica, acción de gracias o jaculatoria hacía, las remataba con el amén. Y hasta su simple estar en silenciosa amistad con Dios la concluía con el amén. Tanto era su amor al amén que cada vez que hacía una genuflexión ante el sagrario, al tiempo que su rodilla tocaba tierra, como ahora, su corazón y sus labios decían amén. Y es que no olvidaba que las palabras, fe y amén arrancan de la misma raíz, y que Dios es el Dios del amén.

Pausadamente se irguió y fue a hundirse en ese pozo poderoso y solitario del sacramento de la reconciliación.

Tras concluir la misa de vísperas del domingo, don Claudio tuvo la sensación de plenitud, su espíritu le pareció consistente, con peso, como si hubiese puesto su capacidad espiritual al máximo de tensión. Por eso, imaginar que ahora debía celebrar de nuevo la santa misa le comenzaba a producir un extraño cansancio.

En la sacristía, Orlando señaló hacia la puerta de la calle y dijo:

—Trajeron el carrito, mi padre.

Don Claudio, que estaba recitando el *Tedeum*, se limitó a inclinar la cabeza. Se despojó lentamente de los ornamentos. Colgó el alba en la percha y extendió el amito sobre el respaldar de una silla. Sentía la espalda ensopada.

—¿Dijeron cuánto? —preguntó al concluir.

—No —respondió Orlando.

Don Claudio se arrodilló brevemente ante el altar mientras su ayudante esperaba que se retirasen los últimos feligreses para cerrar las puertas del templo.

Capítulo 8

La carretera estaba sin concluir. Solo eran cuatro kilómetros, pero al llegar a río Aricagua faltaba el puente. Así que debieron girar hacia la derecha por un camino de tierra que descendía hasta el cauce. Cuando don Claudio desembocó en la orilla, frenó el pequeño Volkswagen y, tras meter primera, aceleró al tiempo que desembragaba: era la única manera de evitar que el coche se le quedase varado en mitad del río. En la otra orilla, el camino aparecía escoltado por altísimos y tupidos cañaverales.

—Aquí fue.

—¿Qué? —preguntó Orlando.

—Aquí fue donde se me cruzó un muchacho con el fusil sobre los brazos. Frené de golpe el carrito, y al punto me vi rodeado de caras y fusiles.

—¿Y qué hizo?

—Esperé hasta que gritaron: «¡Salga!». Salí, vieron la sotana y uno exclamó: «Se nos jodió la vaina. ¿Pues no resulta que es un padrecito?». «Sí, soy el nuevo párroco», les dije sin saber qué cara poner. «¡Tronco de vaina! Contra los padrecitos no tenemos nada. Así que continúe, pero óigame, pues, usted como que nada vio ni oyó, ¿entiende?». Se apartaron, y salí que me las pitaba.

Orlando se echó a reír mientras el Volkswagen ascendía el último repecho. La carretera desembocaba en plaza Bolívar, corazón del pueblo. Entre los arbustos de lo que fueron jardines, correteaban los críos. La plaza abrazaba los restos en ruinas de la iglesia colonial. Debió ser hermosa, pero ahora los muros estaban mutilados y las puertas y techos habían desaparecido, así que su interior quedaba abierto a cuantos vientos, lluvias y animales quisieran aposentarse. Tres columnas de ladrillo, calcinadas por el sol del trópico, sostenían dos arcos de medio punto. Y una débil bombilla iluminaba tibiamente una mesa de cocina con manteles blancos, colocada donde debió estar el altar.

Don Claudio apagó el carrito y los críos corrieron hacia el templo, mientras Fernando, el maestro, se les acercó diciendo:

—¡He ahí nuestro pecado!

—¿Cuál? —preguntó don Claudio.

—Este —exclamó, dirigiendo su índice hacia las ruinas coloniales—. Este, pues mientras botamos el real del petróleo dejamos que se derrumbe y olvide la entera historia patria.

—¿Y qué podemos hacer? —preguntó don Claudio.

—¿Hacer? Quizá una comisión «pro su restauración», ¡qué carajo!

—Cierto, no es mala idea. ¿Y por qué no lo dice usted al concluir la misa?

—¿Yo?

—¿Hay alguien mejor?

—Como usted mande.

Cada eucaristía entre aquellos muros le suponía no solo comulgar con la revelación, sino también con la historia de la iglesia. Por eso, cuando al final de la misa el maestro Fernando tomó la palabra, don Claudio se alegró.

—No crean ustedes —comenzó diciendo—, que estas paredes son producto de la casualidad. No. Son, muy al contrario, consecuencia de la suma de los más diversos empeños. Tanto empeño tuvieron aquellos intrépidos marineros que solo su ánimo les dio fuerzas para no desistir. Empeño mostraron los descubridores que recorrieron millas y millas por costas ignotas y por el interior de inhóspitas regiones. Empeño los exploradores de nuestros ríos, como Hernando de Soto, Irala, Gonzalo de Pizarro y Orellana, quien con sesenta hombres y dos barcazas hechas en el interior de la selva, navegó más de tres mil doscientas millas por ellos. Empeño tuvieron los constructores de nuestros pueblos y ciudades. Empeño los creadores de aquellas familias madrinas que se desplazaban allá donde nacían nuevas comunidades y les enseñaban a construir casas y cultivar la tierra. Y empeño tuvieron los que levantaron este templo, estos muros, que más que muros parecen ancla de la nave de esta patria chica que es nuestro pueblo. Por todo esto, es muy importante que los hombres y mujeres de hoy no permitamos —el maestro Fernando agitaba los brazos como si fuese un náufrago— que esta raíz desaparezca.

Después de una pausa, mirando detenidamente a cada uno de los que allí estaban, añadió:

—Propongo que nombremos una junta prorrestauración de nuestro templo colonial.

Todos estuvieron de acuerdo y se comprometieron a comunicar la idea al resto de vecinos.

Concluida la eucaristía, don Claudio se despidió de los asistentes y partieron para Cumanacoa. Orlando preguntó:

—¿No cree usted que debió ser muy difícil la primera predicación por estas tierras?

—¡Cómo lo sabes! —respondió él—. Seguramente, los habitantes de estas tierras tendrían noticias de las expediciones que algunos desalmados hacían, lo que debió provocar sentimientos de odio contra todo blanco. En nuestro pueblo se cuenta que, a la altura de los dos ríos, los nativos mataron al primer misionero que se adentró por estos parajes. Si añades que en la Nueva Andalucía, como entonces se llamaba este inmenso territorio, la dispersión de sus moradores era incalculable…

Don Claudio aminoró la marcha, pues otra vez debían cruzar el río. La luz se reflejó con tanta fuerza en el agua que lo deslumbró. Alcanzó la otra orilla y prosiguió:

—A la dispersión de los moradores súmale la cantidad de lenguas y tendremos las primeras dificultades que debieron superar.

—¿Tantas lenguas?

—Como una docena: cumanagotos, curumucuares, chacopitas, píritus, aguarequenes, palenques, tagares, topocutos, cores, chaimas, farantes, caribes y chacas que se movían por estos inmensos espacios. Imagínate que somos cumanagotos y descubrimos que hombres desalmados se aproximan a nuestro territorio.

—Seguro que al más mínimo descuido les atacaríamos —dijo Orlando.

—Pues eso fue lo que hicieron con el primer grupo de españoles que se adentró por este valle: unos quince al mando del capitán Pedro García. Subieron desde Cumaná

para explorar estas tierras. Traían un capellán, un zapatero
—de lo más imprescindible en aquellos larguísimos reco-
rridos—, varios arcabuceros y los mozos con las mulas y sus
cargas. Cuando lograron pasar la angostura de Salsipuedes,
encontraron un llano dominado por un leve promontorio,
sobre el que levantaron con troncos y ramas un palenque
para protegerse durante la noche. A la mañana siguiente,
cuando comenzaba a clarear, les despertó una lluvia de
flechas. Se guarecieron apretujándose tras la valla hasta que
pudieron disparar los primeros perturbadores arcabuzazos
que, desde entonces, no han parado de sembrar la muerte
por estas tierras.

—¿Y fundaron Cumanacoa?

—Se ignora. Hay quien defiende que se fundó más tarde, hacia 1637, por el gobernador Benito Arias Montano.
También aseguran que su primer nombre fue Santa María
de Cumanacoa.

Cuando alcanzaron la entrada del pueblo, don Claudio
detuvo el carrito. Orlando bajó, quería ver a su madre. Él
siguió hasta la plaza, donde giró hacia la izquierda y vino a
detenerse tras el solar de la antigua casa parroquial, donde
se encontraba la puerta de la sacristía. Eran las diez y media
de la noche. Hacía unas cuatro horas que se había ocultado
el sol. Se sentía cansado. Entró en el templo, miró hacia el
altar, se le escapó un suspiro y dijo:

—Mañana es domingo y me espera una gran movida.

Se arrodilló y recitó una vieja oración que en sus primeros años de párroco había escrito:

Estamos frente a frente, sin tanto pie
que el humano dolor remolque.
Como Abrahán,
vuelvo a nuestro duelo:
¿cinco justos, Señor, no auparían el mundo
hasta tu reino?
Cuando el día cansó al hombre,
no mires mi osadía:
¿y si solo uno tengo?
Uno, palmera en el desierto.
Uno en fidelidad plantado.
Uno que engarza el sueño de los hombres
con tu reino…

Don Claudio alzó la cabeza y contempló la gran cruz del altar mayor. Hizo una solemne y profundísima reverencia al tiempo que decía:

—Jabalina del Justo de este suelo. Amén…

Antes de acostarse, mientras rezaba completas, don Claudio recordó brevemente su jornada. Como cada noche dio gracias al Señor y pidió perdón. Pero, en ese instante, se le hicieron especialmente vívidas las ruinas de Aricagua y las palabras de Fernando, el maestro. Así que tomó papel y escribió:

Solo queda la bóveda
y unos arcos soberbios de ladrillo
virilmente erguidos.
Estas ruinas subieron el río de la historia:

remontaron fortísimas corrientes
cargadas de muertos en vorágine arrastrados.
Cruzaron densísimos muros,
los más vastos mercados
donde el hombre era vendedor, cliente y mercancía.
Estas ruinas acompañaron los muertos
que levantan sus pies hasta la nieve;
las huellas de batallas desiguales;
las gestas vivas de los niños, de los negros
—¡negro primero, héroe!—,
de las mujeres, esclavos y señores.
Estas ruinas descansan en vosotros,
hombres de aquel remotísimo tiempo:
indio-español de este valle,
soldado, misionero, aguador,
albañil, traficante.
Qué de sueño cuando todo
hubo de ser reinventado:
la regla y su plomada,
el trazo y su aposento,
la arquitectura y el arquitecto.
Todo para legar esta sonrisa
y fuerza y sueño de piedra, aquí parado.

Dejó el escrito sobre la mesa, se arrodilló y rezó un avemaría. Se santiguó muy despacio y exclamó:

—Amén.

Ya en la cama, pensó en lo que le aguardaba al día siguiente.

Capítulo 9

El domingo, tras la santa misa de las ocho, don Claudio dijo a los feligreses de San Baltasar de los Arias:

—Recuerden que debo estar todo el día en las fiestas patronales de San Fernando. Si alguien me necesita, allí podrá encontrarme.

Y tras tomar un café con leche y una arepita caliente en el bar de Hilario de la Cruz, don Claudio y Luisito partieron para San Fernando.

La carretera atravesaba las extensas manchas verdes de las plantaciones de caña de azúcar. Y al dejar atrás la gigantesca ceiba que sombreaba el pueblo de Arenas, dijo:

—Hoy se quedarán sin eucaristía.

A la altura del palenque, se les cruzó una trigueñita fumando, el fuego del cigarro ardía dentro de su boca.

—Aquí fue —dijo Luisito— donde uno que había venido a oír el mitin que daba el doctor Rómulo Betancourt gritó muy exaltado: «¡Púyales, Rómulo!». Y el político, sin inmutarse, respondió: «¡Yo no he venido aquí a puyar a nadie!».

Don Claudio se echó a reír con todo su cuerpo. Aminoró la marcha, pues entraban, a la derecha, por un camino de tierra rojiza cuarteado con toda suerte de baches. Aunque a uno y otro lado del mismo se alargaba una hilera interminable de hombres, mujeres y críos. Críos mamoncillos transportados en brazos o a las espaldas; críos andando y corriendo; críos, rorros, infantes, guayates y morrocotes, angelitos llevados a su primera fiesta patronal para iniciar la eterna peregrinación gozosa de estos pueblos.

—Luisito, hoy nos espera una buena —sentenció don Claudio al ver tamaña procesión.

—¡Las fiestas son las fiestas, mi padre!

Ante el grupo escolar, a la entrada misma del pueblo, el viejo camino de tierra se ensanchaba. Hacía pocos años que aquel edificio había sido un famoso prostíbulo, pero un día en que la clientela emigró a otro más moderno y apartado, el Ministerio de Educación tuvo a bien cambiarle de oficio: derribó los metros de tabiques imprescindibles para que en dos aulas cupiesen los setenta y ocho alumnos que no estaban escolarizados. Por eso aún se encontraba en su interior un paisaje de fuertes colores sobre el gran testero del recibidor y un breve pasillo con tres habitaciones dedicadas a los antiguos menesteres. Las paredes que aislaban esas habitaciones alcanzaban poco más de dos metros y medio, pero se hallaban rematadas con trozos de vidrio.

«¿Hasta aquí dentro llegaba la curiosidad?», se había preguntado el día que visitó el colegio, mientras Herminia de Sotomayor, su directora, decía señalando la gran pintura mural: «¿Pues no pensaba yo, padrecito, que en lugares como estos muy otros serían los dibujos?».

El viejo camino de tierra entraba en la plaza por la esquina que separaba la iglesia y la antigua misión de los padres capuchinos. La plaza no tenía ni la más mínima presencia de entusiasmo. Para no tener, ni pedestal con el Libertador poseía. Solo tierra descolorida y un gigantesco samán en su mismo centro. La iglesia y la antigua misión estaban en ruinas, menos en una inexplicable veleta que coronaba la torre cuadrada que aún seguía señalando la dirección de los vientos. Fuera de eso, hacía siglos que la iglesia había perdido el techo, y decenas de años que los campesinos transportaban sus mejores bloques para que les ayudasen a pasar el río. Una gran sala, reconstruida sobre los muros de la antigua misión, era el lugar de culto. Don Claudio, después de hacer una reverencia al pequeño Cristo de la mesa del altar, se volteó hacia la Inmaculada y quedó boquiabierto. Observó con horror que acababan de darle una mano de intensísimo añil.

—¡Bien linda que está, padrecito! —exclamó tras él Alfonsa Mariña.

Don Claudio se llevó la mano a la nuca y se limitó a responder:

—Como le den otra pintada, ¿no parecerá en estado?

—¿Quién sabe? —respondió la doña.

Y don Claudio se sentó en el primer banco contemplando la repintada imagen.

Entre el sacerdote y la Virgen se daba una corriente de cariño. A él le gustaba recordar unas palabras del maestro de predicadores del siglo XVI, el beato Juan de Ávila. Se las sabía de memoria desde los lejanos tiempos del seminario. Don Alberto Planas las repetía con frecuencia: «Mirémonos, padres, de pies a cabeza, alma y cuerpo, y vernos hechos semejables a la sacratísima Virgen María, que con sus palabras trajo a Dios a su vientre. Y el sacerdote le trae con las palabras de la consagración. Relicarios somos de Dios, casa de Dios y, a modo de decir, criadores de Dios».

Don Claudio alzó los ojos, se levantó y contempló de nuevo la pequeña talla de la Inmaculada. Le sonrió con un guiño cómplice y marchó hacia el grupo escolar donde le esperaban, impacientes, los niños de primera comunión. Desde allí iniciarían la procesión litúrgica hasta la capilla…

Haría unos quince minutos que había concluido la misa en honor de san Fernando, con la primera comunión de los niños, cuando comenzaron a acercarse las familias y padrinos con sus ahijados en brazos o de la mano. Luisito lo dispuso todo para iniciar las tandas de bautismos. La inmensa mayoría se había desplazado desde las montañas, atravesando cañadas, picos y torrenteras, para asistir a las fiestas, bautizar a sus críos e inscribirlos en el registro civil. Eran unas obligaciones que debían cumplir si querían que las fiestas estuviesen a la altura. Por eso, con la papeleta de la inscripción civil en la mano, se acercaban a Luisito, que en un rincón de la sala capilla les rellenaba el formulario de petición del sacramento del bautismo. Después, don Claudio los recibía para el primer sacramento de la iniciación cristiana, fundamento de la fe. El sacerdote observó los negrísimos ojos de una trigueñita de casi siete años, que desde el asombro miraba la repintada imagen de la Inmaculada y la arrogante postura de san Fernando Rey.

Don Claudio aprovechó que la cría desvió su mirada desde las imágenes hacia él para sonreírle. La trigueñita también sonrió. El sacerdote le preguntó:

—¿Oyó hablar del Señor, la Virgen y el niño Jesús?

La niña movió la cabeza afirmativamente.

—¿Y qué sabe?

—Padre nuestro, que estás en los cielos… —Y lo recitó entero.

Don Claudio se agachó hasta su oído y murmuró muy suavecito:

—Eso me lo reza toditos los días, tres veces: al levantarse, hacia el mediodía y en la tarde. —Despúes se enderezó y dijo más duro—: Ahora nuestro padre Dios le va a hacer el más bello regalo, la va a unir a la familia de su hijo Jesús. ¿Entiende lo que digo?

La niña volvió a mover la cabeza asintiendo. Don Claudio, casi desconcertado, preguntó:

—¿Y qué entendió, mi amor?

—Que papá Diosito me hará hoy su hija por el bautismo.

—¿Y quién te lo enseñó, pues? —preguntó admirado.

—Mi madrina.

Una mujer aindiada sonreía desde su enorme humanidad. Don Claudio dio un beso a la niña, buscó en los bolsillos de su sotana y sacó un caramelo. El padrino, un negrito bien prieto, dijo:

—Tome la picha, pues, y dé las gracias al padrecito.

Don Claudio estuvo bautizando hasta las dos de la tarde. Fue una mañana de fiestas patronales…

A las 15:00 ya había terminado su almuerzo en casa de comadre Hortensia. No había comido tanto, pues descubrió con dolor que la presita del hervido estaba algo prieta, así que muy despacito la masticó junto con el ñame.

Tras la comida encendió un *lido* y advirtió que tenía los pies hinchados. A las personas que entraban y salían de la casa de comadre Hortensia, el sacerdote les dirigía alguna que otra palabra. Él siempre pensó que el «buen trato» es el octavo sacramento, último en la lista y primero en la ejecución. Tan importante le parecía que sin él, los otros siete nacían prematuros. Cuando concluyó de fumar el *lido* vio entrar al señor Froilán. Se levantó de la silla, lo saludó y le preguntó por el hijo.

—Un tiempico más y le dan la provisional —contestó.

—¡Caramba, qué mala sombra tuvo la cosa! —dijo don Claudio.

—Pasó lo que tenía que pasar, padrecito. Lo que ocurre es que me salió bien guapo el muchacho. El pendejo del ladrón no hizo caso y así le fue. Creía, no más, que como mi muchachito era casi un niño, se la iba a envainar. Y caramba con el crío, bien templadito que estuvo. Tomó la escopeta y, ¡pum!, despanzurrado quedó sobre los frijoles. Yo después muy clarito que se lo dije: «Hijo, ya está hecho, ya no tiene remedio, ya no se le pueden dar más vueltas a la tuerca. Ahora tú no te me desfondas. Ahorita mismo me sacas el pecho y vamos en busca de la guardia nacional, que nosotros no vamos a huir de la justicia de los hombres. Y como tampoco vamos a huir de la de Dios, ahorita te llamo al padrecito y te me confiesas, que eso es bien sano. Después te buscaré un abogado, uno redicho que valga lo suyo, y ya verás como dentro de un tiempico te sueltan. Que lo pasado pasado está, ¡qué carajo!».

Don Claudio oyó al señor Froilán con tristeza y no supo sonreír, simplemente se limitó a preguntar:

—Y el muerto, ¿quién era?

El señor Froilán se puso serio, se encogió de hombros y dijo:

—Un transeúnte buscavidas, un pelaíto, mi padre, que nos ha desgraciado a todos.

—El buscavidas también se desgració —sentenció don Claudio.

—Sí, padrecito, como que ha sido una ruina —afirmó él muy serio…

A las 16:45, don Claudio había concluido la última tanda de bautizos. Despidió a los padres, padrinos y niños, y salió a la puerta de la capilla dispuesto a airearse. Contempló la plaza y notó un raro movimiento. ¿Qué ocurría? Las personas corrían en la misma dirección. Él se dejó arrastrar por aquella resaca humana que se remansaba detrás de la capilla y se encontró ante un espectáculo increíble: blancos, negros, indios, criollos, trigueñitos y catires, hombres y mujeres, se empujaban formando una gran rueda humana. Y en el centro mismo de aquel prieto y cerrado redondel, erizados como gallos de pelea, dos hombres, machete en mano, lentamente se desplazaban observándose en ese instante previo al ataque.

Don Claudio alzó la cabeza como buscando una explicación. Solo logró descubrir cuatro mujeres, apartadas de aquella masa jadeante y tensa, llorando abrazadas. El sacerdote quedó desconcertado, perdido. Pero de pronto captó el sentido de aquella escena. Dio un salto y cayó sobre la barrera humana y a empellones se abrió paso hasta el interior de la misma. Se plantó ante los dos machetes y gritó el carajo más grande de su vida:

—¿¡Qué coño madre es esto!?

Los contendientes se paralizaron y quedaron rígidos. Miraron la blanca sotana y no daban crédito a sus oídos. Los espectadores, escandalizados, tampoco podían creer que su padrecito hubiese soltado tamaña grosería. Todo el mundo quedó desconcertado. Olvidaron pelea, discusiones y machetes, porque parecía imposible que allí mismo, ante tantas mujeres y niños, algunos de primera comunión, el padrecito se hubiese atrevido a decir lo que dijo.

Don Claudio paseó despacio su mirada por los rostros desorientados de la muchedumbre, la gente comenzó a recular. Completado el giro, se acercó a los contendientes y los abrazó. Los dos hombres parecían paralizados, hasta que comenzaron a relajar sus músculos y, en ese instante, unas mujeres se acercaron y el sacerdote notó que le besaban las manos...

Durante la procesión con san Fernando Rey, acto que cerraba las fiestas patronales, cuando el santo pasaba bajo el samán, cayeron las primeras gotas de lluvia. Cada año, si san Fernando se mojaba, era el mejor de los augurios. Así que, una vez más, comenzaron a aplaudir a su patrono. Y cuando más arreciaba la lluvia, más crecía el aplauso. En ese momento, un diputado del estado Sucre se acercó a don Claudio y le dijo:

—Padrecito, qué carajo más atrevido nos echó. Pero sépalo de una vez: quien interrumpe la pelea de dos campesinos que se dé por muerto. Así que no me lo olvide y recuerde que su grosería a quien ha salvado esta tarde el pellejo ha sido a usted mismo...

Don Claudio, asombrado, sintió un escalofrío.

—No obstante —prosiguió el señor diputado—, ¡bien que lo felicito!

Él levantó la cabeza, miró hacia san Fernando y dejó que el agua le corriera por el rostro.

—¡Gracias! —fue cuanto dijo.

Y pensó que quizá san Fernando, tan rey y tan santo, comprendía a estos campesinos bastante mejor de lo que imaginaba. Desde luego, le había dicho el padre Sangüesa: «Algunos de tus feligreses puede que se hallen perdidos entre las primeras páginas del Éxodo...». Él no entendió muy bien qué quería decir el viejo misionero aragonés, pero no tardó en comprenderlo.

Ahora, mientras observaba el balanceo de las andas, le pareció distinguir un destello en la mirada del santo y recordó el día en que se encontró con la capilla cerrada y sin la más mínima señal de presencia humana. Abrió las puertas, observó el altar, la pared, las repisas de los santos y, ¡ah!, observó con asombro la ausencia: el patrono no estaba. Recorrió la sala capilla, miró hasta el fondo de la misma, pero de san Fernando ni rastro. Buscó y preguntó, pero todo fueron silencio y evasivas. Pateó el pueblo y los alrededores, atravesó ríos, subió hasta San Juanillo. Sin respuesta. Por lo que tuvo la sensación de haberse perdido en el más agotador de los laberintos. Se marchó cansado e impotente, pues si no se trataba de un robo, ¿qué le estaban ocultando? A pesar de su fracaso determinó no denunciar la falta y esperar una semana. Después de unos días lluviosos, cuando volvió al pueblo, se encontró la capilla abierta y los feligreses, a pesar del barro de los caminos, en sus sitios. Nada más entrar, notó que le miraban con un destello de inquietud. Don Claudio se acercó al altar, alzó la cabeza y descubrió a san Fernando. Estaba donde siempre, en su peana. Le hizo una reverencia y le pareció distinguir algunos arañazos recientes. Se encogió de hombros y la gente sonrió con descaro. Besó la estola y fue a sentarse al final de la sala, tras el reclinatorio que le servía de confesionario. Y allí le esperaba. Llevaba un sombrero de cogollo en las manos. Se arrodilló y don Claudio sintió la más rara de las sensaciones, pues todo el mundo, con un descaro manifiesto, se volteó hacia atrás observando al penitente, quien dijo:

—No me vengo a confesar, mi padre, pues no me gustaría cometer un sacrilegio. Y es que no tengo ni un tantico así de dolor. Al contrario, más bien creo que le he ayudado. Y es que no se puede ser tan remolón, mi padre. Bien sabe san Fernando cuánto nos importa la lluvia y cómo la reclamaban los conucos en las laderas y montes. Así que me dije: «Con lo guapo que es nuestro patrono, bien podría echarnos una mano». Y ya ve usted, ni caso. Y eso que yo le rezaba toditos los días. Hasta que me cansé de esperar y me lo llevé a escondidas, sin decir nadita ni a mi llave. Es verdad que le di algún que otro azote, pero no muchos, solo los justos para que no se nos desgraciara y recordase que debía ayudarnos. ¡Y bien pronto que lo entendió, mi padre!

El campesino guardó silencio y don Claudio cerró los ojos. Se llevó la mano a la oreja y mientras se la sobaba exclamó:

—¡Qué buen patrono tenemos, mi hermano!

El hombre lo miró sorprendido y sonrió avergonzado. Don Claudio añadió:

—Pero tu gesto como que me resulta un alguito abusón. ¿No te precipitaste? Yo pienso que quizá ahora sería muy bueno que, en agradecimiento a san Fernando, ayudes al vecino que más lo necesite.

Al campesino se le iluminó el rostro, observó a don Claudio con seriedad y dijo:

—¡Como que lleva todita la razón, mi padre!

Cuando el penitente se levantó del confesionario, la capilla respiró con alivio…

Don Claudio alzó la cabeza y observó cómo giraba el trono del patrono en el dintel de la puerta. Lo colocaron mirando a la muchedumbre. Y la multitud, agradecida, lo despidió con el más sonoro de los aplausos. Llovía a gusto…

Capítulo 10

Aquella noche, en casa, tras contemplar sus pies, preparó una palangana con agua. Le añadió un puñadito de sal. Se sentó en el ture y colocó los pies hinchados dentro del agua. Y recordó que así estuvo con el obispo de la diócesis…

Ocurrió durante la visita pastoral, el día que anduvimos por Río San Juan. Habíamos caminado tanto que cuando el gran volumen de monseñor cayó sobre el ture, con aire de compasión le dije:

—Monseñor, ¿no le apetecería aliviarse los pies con un poquito de agua y sal? Yo, a veces, lo hago.

—¡Cómo no, mi padre!

Y sentados uno frente al otro, colocaron los pies en sendas palanganas. Y recordó que había dicho:

—Monseñor, noto que nuestro pueblo, a pesar de la escasa formación religiosa, conserva como don único su fe. ¿Hay algo en la historia patria que lo explique?

—Creo que sí —dijo monseñor, mientras removía el agua con los dedos de los pies. Después de una sonrisa, añadió—: *Historia magistra vitae.*

Y recordaba que monseñor había cerrado los ojos, como si ordenara su mente. Los abrió y dijo:

—Perdone si me remonto un tantico. Usted no olvide que nuestra fe fue importada, e importado durante muchísimo tiempo el clero. Y, desde luego, españoles escogidos por los reyes, gracias al privilegio del patronato concedido por Julio II, nuestros obispos. Por eso, no era raro que los obispos agradecieran su nombramiento al rey antes que al papa. Es verdad, eso no fue óbice para que en nuestra Iglesia hubiese un clero y unos obispos generosos y santos. En el siglo XVIII tuvimos a don Mariano Martí, que tomaba nota detallada de cuanto veía y hacía en sus extensísimas visitas pastorales. Aquellos apuntes se han convertido en una fuente para los historiadores. Pero no solo los obispos y sacerdotes eran españoles o descendientes de españoles, sino que nuestra misma sociedad civil se resistía a que se ordenaran sacerdotes criollos. Y a los pocos que había se les multiplicaban las dificultades. Tanto que el asunto llegó a Roma. Y el Papa emitió una bula confirmando la validez de la ordenación de los sacerdotes mestizos. ¡Ay! La bula fue interceptada por el Consejo de Indias y tardó en conocerse. En el ínterin, tuvimos el célebre caso de los «curas cuarterones».

—¿Qué? —le había interrumpido él sin poderse contener.

—Sí, mi padre, el caso de los «curas cuarterones». Verá: un obispo había ordenado sacerdotes mestizos, pero a la hora de su muerte fue tan duramente presionado que declaró que no había tenido intención de ordenar a aquellos que tuvieran más de una cuarta parte de sangre india.

—¿Y qué ocurrió?

—Pues que Roma mandó a su sucesor un amplio poder para que, con suma discreción, arreglara el asunto.

—¿Y?

—Pues que el sucesor tuvo tan amplio el poder como escasa la discreción. Reunió a todos los dudosos y los volvió a ordenar *sub conditione* —decía monseñor, cuando los dos sonreían con tristeza. Después, prosiguió—: Esta Iglesia nuestra, además de sus arrugas naturales, durante la gesta de la independencia tuvo que padecer nuevas y definitivas pruebas. Durante aquella larga lucha, la división alcanzó, como siempre, al pueblo. Y en el pueblo, se alternaron los derechos de perseguir o ser perseguido, todo según el bando que dominaba en cada momento, alternancia que recorrió el suelo patrio. Imagine la rapiña, muerte y odio que sembraron... Sabemos que el general Piar mandó ajusticiar a veinte misioneros capuchinos y que la disminución del clero fue alarmante. Para colmo, el rector del seminario de Caracas se llevó a la guerra a todos los seminaristas. Y añada usted un segundo campo de dolor, las nuevas leyes...

Recordaba que monseñor había quedado en silencio, con un rictus de preocupación.

—La Iglesia —dijo despacio— había dependido del privilegio del patronato, es cierto, pero había sido respetada en las otras parcelas de su jurisdicción. Sin embargo, a partir de 1821, en que se constituye la Gran Colombia, se inicia un enfrentamiento sistemático entre las autoridades civiles y religiosas. El principal caballo de batalla lo constituyó el deseo de los obispos de sacudirse, de una vez por todas, el antiguo privilegio del patronato. Pero a los políticos no les sirvieron las razones, protestas o amenazas de ellos. El Congreso aprobó la Ley del Patronato, cuyo primer artículo decía: «La República de Colombia continuará en el ejercicio del derecho de patronato que tenían los reyes de España». La aplicación de esta ley encontró tenaz resistencia en el arzobispo de Caracas, Ramón Ignacio Méndez, y en los otros dos que teníaVenezuela, Buenaventura Arias y Mariano Talavera. Resistencia que desembocó en un enfrentamiento tan grave que nuestros obispos sufrieron el destierro. —Monseñor hablaba como doliéndole cada palabra—. De nada sirvieron las recomendaciones que dio el Libertador en 1827, resumidas en aquella memorable frase: «La unión del incensario con la espada de la ley es la verdadera Arca de la Alianza». De nada sirvieron. La Iglesia en Venezuela, desde entonces, dependió de los vaivenes de la política.Y los políticos siempre desean lo mismo: la subordinación de la Iglesia para que legitime ante el pueblo sus disposiciones. Esto se vio del todo con la nueva Constitución de 1830.Aún estaban los obispos enviando sus argumentos contra la Ley del Patronato cuando el general Páez puso el «ejecútese» e, inmediatamente, el Gobierno dictó las disposiciones para que todo el mundo juramentase la nueva Constitución.Y el juramento debería hacerse en los templos con el canto solemne del *Tedeum*. Es decir, mi padre, que el Gobierno llegó a constituirse, sin previa consulta, en maestro de ceremonias de una liturgia orquestada por ellos. Esto puede que ahora parezca cosa de poca monta, pero en su tiempo era algo grave, pues no solo arrinconaban a la Iglesia, sino que ni en los templos tenía libertad.

En ese instante, recordó que monseñor había sacado un pie de la palangana e intentaba ver, detenidamente, el sinuoso trazado de sus abultadas venas. Alzó la vista y prosiguió:

—Nuestros tres obispos se opusieron a esta intromisión, pero aquel choque aunó de tal forma a los políticos que, desde entonces, siempre que se celebran las gestas de la independencia, aunque sea en el más remoto municipio, invariablemente aparece en el programa el «solemne canto del *Tedeum*». Y sépalo usted, eso no es una nota litúrgica, sino un acto de dimensión política.

Monseñor se detuvo, volvió a contemplar sus pies y añadió:

—Sí, mi padre, en aquella época los militares estaban en el poder o se hallaban enfrascados en enfrentamientos para conseguirlo. Al final de uno de esos dolorosos momentos, el general Guzmán pidió al arzobispo que cantara un *Tedeum* de acción de gracias. El arzobispo, que conocía bien las graves consecuencias de la contienda y muy especialmente el ensañamiento con los presos políticos, decidió abogar por ellos y condicionar el *Tedeum* a una amnistía. Guzmán Blanco reaccionó violentamente y el arzobispo fue desterrado. Así comenzó la más dura campaña para acabar con la Iglesia: se suspendieron los seminarios, se prohibió que los fieles ayudaran económicamente a la Iglesia, se expulsó al anciano obispo de Mérida, quien murió camino del destierro, y se exigió al vicario de la diócesis de Caracas, amigo de los militares, que ocupara la silla arzobispal.

—¿Y aceptó?

—No, no aceptó y fue expulsado del país, lo cual le honra sobremanera. El general Guzmán se propuso entonces crear una Iglesia venezolana independiente de Roma. Gracias a Dios, no llegó a conseguirlo, pero ¡qué daño hizo!

Y recordaba el velo de tristeza que parecía cubrir el rostro de monseñor.

—Hay una estadística, mi padre, sumamente reveladora: la arquidiócesis de Caracas, que al comienzo de la emancipación tenía quinientos cuarenta y siete sacerdotes, fíjese bien, setenta años después, en mitad del mandato de Guzmán Blanco, el «ilustre americano», solo le quedaban ciento quince. Había perdido casi cuatro quintas partes de su clero… Mientras, el pueblo, con su grandísimo instinto religioso, se unió al credo de Roma.

Monseñor cerró los ojos. Respiró y volvió al hilo de los recuerdos:

—Usted sabe que no se puede ser «padrino de agua» si no se sabe recitar el credo y el padrenuestro de memoria. ¡Con qué sencilla pedagogía trabajó el Espíritu Santo!

Él, que había asentido con una sonrisa, le preguntó:

—¿Entonces el «bautismo de agua» no fue la aplicación del bautismo en caso de necesidad?

—¿Qué dijo?

—Que yo pensaba que, ante la escasez de clero y la enorme mortalidad infantil, la Iglesia venezolana, basándose en la doctrina del bautismo en caso de necesidad, había extendido esa fórmula para todos los niños.

—Cierto, mi padre, pero quien hizo extensivo aquel bautismo fue el pueblo. Y el pueblo tuvo la delicadeza de llamar a su bautismo «bautismo de agua». Un día habría que hacer un monumento a esta universal gesta religiosa de mi pueblo. Sí, mientras los políticos de turno aprovechaban toda ocasión para enfrentarse con la Iglesia, el pueblo sembraba la semilla de la fe recreando el bautismo de necesidad. Mientras el presidente del Senado, en la toma de posesión de su hijo como presidente de la Nación, hacía esta parodia casi blasfema: «Señores senadores, este es mi hijo muy amado en el que tengo puestas mis complacencias», el pueblo, el sencillo pueblo nuestro, con los templos en ruinas y sin sacerdotes, bautizaba a sus hijos recitando muy despacio el credo apostólico y el padrenuestro…

Monseñor quedó, una vez más, en silencio. Era un silencio denso, casi sagrado. Lo vio ensimismarse, como si adorara la eterna comunidad de Dios. Entonces dijo:

—La ausencia de clero nos sigue marcando. ¡Cómo les necesitamos, mi padre!

Y a él le invadió una extraña compasión, pues tuvo la sensación de encontrarse ante un pobre tullido que mostrara sus muñones, así que le dijo:

—Gracias, monseñor, por lo mucho que acabo de aprender.

Y a continuación se levantó del ture, tomó una toalla y se la entregó a don Mariano.

Monseñor sonrió, cogió la toalla y se la ciñó. Puso con sumo cuidado los pies en el suelo de cemento y se arrodilló ante él diciendo:

—Mi padre, deje que en este gesto tan entrañable para nosotros, exprese mi amor a la Iglesia.

Tomó sus pies y los secó con la toalla…

Ahora don Claudio abrió los ojos, observó la palangana con sus pies y le entraron ganas de cantar, así que comenzó a salmodiar:

—Bienaventurados los pobres según el Espíritu, porque vuestro es el reino de los cielos.

Capítulo 11

Don Claudio despertó a las cinco y media de la mañana. Le dolía el cuerpo. Sentado en la cama se santiguó despacio y rezó un gloriapatri. Sabía que esta mínima oración es como la atmósfera donde habitan las demás. Después rezó la invocación al Espíritu Santo con la primera estrofa del *Veni creator Spiritus, mentes tuorum visita*… Pues quería vivir según el consejo de los antiguos monjes: «Un molino de harina continúa moliendo durante todo el día el primer grano que le ponemos». Y por ello colocaba en su mente la alabanza a Dios y la invocación al Espíritu Santo, el que lleva a Cristo, para que esa fuese la molienda de su jornada.

A continuación del aseo, abrió la nevera y sacó una botella de agua con unos trozos de caña brava dentro. «Padrecito, esta agua es un buen remedio para el mal de los riñones, tómese un vasito de ella en ayunas», le había dicho Nicanor al tiempo que le entregaba la botella. Así que, de vez en cuando, se bebía un vaso de aquella agua con sabor grisáceo entre dulzón y rasposo. Abrió la maleta y sacó los certificados de bautismo que se amontonaban sobre los ornamentos.

—Aquí hay trabajo para muchas horas —dijo en voz alta.

Y fue alisando, uno a uno, los arrugados papeles. Los dejó sobre la mesa. Cerró la maleta y marchó hacia el templo…

Cuando don Claudio encendió la luz de la iglesia, advirtió el escalofrío de la humedad. Se pasó las manos por los brazos y se arrodilló ante el sagrario. Intentó articular una breve oración, pero se sintió vacío, sin la más mínima resonancia, igual que una campana que estuviera sin badajo. Esa situación hubo un tiempo en que le aterraba, pero ahora no. Ahora la contemplaba como una prueba de amor. Había aprendido a asumirla en paz. Así que respiró despacio y se limitó a esperar. Solo eso, pues saber esperar es el camino hacia la serenidad. Aunque la espera, a veces, pide su esfuerzo. Momentos hubo en que le asaltaron unas prisas febriles por llevar a cabo los más insospechados trabajos. Una vez le entraron ganas de hacerse afilador e ir por los campos afilando: navajas, cuchillos, tijeras, sierras, gubias y machetes. Menos mal que advirtió a tiempo que aquello era una pura tentación. Otra vez sucumbió al engaño y estuvo analizando una de las más famosas partidas de ajedrez… Pero ahora no. Ahora había aprendido la bella lección que le diera en la iglesia del Cristo, allá en Málaga, su confesor, el padre Arcadio:

—De san Jerónimo se cuenta —le dijo— que estando en uno de esos momentos en que el ramalazo de la depresión se presenta, se le apareció Jesús y le preguntó: «Jerónimo, ¿qué me das?». Y Jerónimo, que tenía su genio, dijo: «Esta es mi oportunidad, ahora se va a enterar el Señor de todo cuanto yo he sido capaz de hacer por él». Y comenzó a enumerar la soledad del desierto, sus penitencias y trabajos, sus fundaciones y escritos, la penosa y pesada dirección de las almas… Y cuando, tras pormenorizar cada una de sus buenas acciones, se detuvo complacido, Jesús volvió a preguntarle: «¿Y qué más, Jerónimo?». Y el santo, sacando paciencia de donde no la tenía, arrancó con: «Las horas de estudio para aprender lenguas y traducir la Biblia. Lenguas tan extrañas y difíciles como el arameo, hebreo y griego…». Y enfatizó las dificultades que tuvo para la traducción de la Vulgata. Cuando concluyó, de nuevo quedó pendiente del rostro de Jesús, pero el Señor le volvió a preguntar: «¿Y qué más, Jerónimo?». Él ya no pudo más y le gritó: «¡Ya te lo he dado todo! ¿Qué más quieres?». Momento en el que el dulce Jesús le miró, sonrió y dijo: «Todo no me lo has dado, Jerónimo, te has quedado con lo más tuyo». «¿Con lo más mío?», volvió a gritarle, «¿y qué es lo más mío?». Y Jesús le dijo: «Te has quedado con tus pecados, dame tus pecados».

Desde que oyó esta anécdota, él supo qué hacer en los momentos de soledad y vacío: limitarse a entregarle al Señor lo más suyo. Así que ahora respiró despacio al tiempo que ofrecía a Jesús su cuerpo, su presencia, sus pecados y su nada, lo más suyo. Por lo que dijo:

—Lo que tú quieras, Señor. —E hizo el esfuerzo de presentarle su sequedad y pobreza.

Pero, en ese instante, no lo pudo evitar, se le impuso el recuerdo de las primeras misas de aguinaldo.

—¿De aguinaldo? —había preguntado a la señora Graciela, cuando se lo anunciaron.

—Sí, los nueve días anteriores a la Navidad usted ha de celebrar una misa de madrugada, cada día. Misas que se llaman de aguinaldo.

—¿A qué hora? —había preguntado.

—A las cinco de la mañana, padrecito, pues el pueblo tiene que trabajar.

Por eso, puntualmente, a las cinco él se encontraba revestido para celebrar la eucaristía, esperando que el pueblo arrancase con el villancico: «Niño lindo, ante ti me rindo…».

Aquel pueblo vivía la preparación de la Navidad como pocos. Así que celebró la novena de las misas de aguinaldo en una iglesia llena de niños, jóvenes y adultos.

Él llevaba dos meses en la parroquia, pero ya sabía que los días, calurosos en exceso, se cargaban por las noches de humedad. La culpa quizá sea del río Manzanares, se decía. Por lo que a aquellas horas de la madrugada había que abrigarse un alguito, pues de lo contrario la destemplanza se podía meter en el cuerpo.

Las nueve misas de aguinaldo concluían con la misa del gallo. Y en la de aquel 24, cuando besó el altar y miró hacia el pueblo, descubrió en el primer banco a Marisa con su pequeña Soraya, de cuatro años. Tras el evangelio, llevó en procesión la hermosa imagen del niño Dios hasta el pie del altar, donde habían colocado el misterio.

Y nada más poner el niño entre María y José, la pequeña Soraya, que lo contemplaba con los ojos muy abiertos, se levantó, se quitó su rebeca, se acercó y se arrodilló ante el niño y lo cubrió con su prenda. Nadie se movía. Todos esperaban en silencio. Era un silencio sobrecogido por aquel gesto de ternura. La pequeña, tras abrigar al niño, se alzó y volteó hacia la asamblea. Y entonces, con sus cuatro años, dijo:

—¡Tenía frío! —Y fue a sentarse al lado de su mamá.

En ese momento, él sonrió, recordó a Bernanos y comenzó su homilía diciendo:

—Hermanos, no olvidemos que este mundo se mantiene en pie por la dulce complicidad de los santos, los poetas y los niños. ¡Por eso, ruego que seamos fieles a los santos y, sobre todo, al santo de los santos, Jesucristo, que esta noche se nos ha dado hecho niño! ¡Que seamos fieles a los poetas, pues la belleza salvará al mundo! ¡Y que permanezcamos fieles a la infancia! ¡Ojalá vosotros, niños, no perdáis nunca la luz de la niñez! ¡Ojalá vosotros, jóvenes, no olvidéis el niño que habéis sido! ¡Y ojalá nosotros, adultos, conservemos el niño que fuimos!

Y recordaba que en ese momento miró a la pequeña y le dijo:

—Soraya, muchas gracias en nombre del niño Dios y de todos nosotros. Esta noche tú has predicado la mejor homilía, así que ahora, en silencio, adoremos al niño y pensemos: ¿qué puedo yo darle a Jesús para que no pase frío ni hambre en los pobres?

Y tras un silencio, dijo:

—Cantemos.

Y el pueblo puesto de pie cantó: «Niño lindo, ante ti me rindo. Niño lindo, eres tú mi Dios…».

Capítulo 12

Tras el desayuno, don Claudio se acercó a la casa que ya conocía, dio unos golpes en la puerta de la calle y esperó. Oyó pasos y la hoja se abrió. Una mujer apareció en el dintel, lo miró y dijo:

—Gracias. —Y se apartó.

Don Claudio preguntó:

—¿Cómo está?

—Ahorita me lo verá. El camino ya lo conoce, padrecito.

Y él comenzó a subir las escaleras, mientras ella desaparecía por el pasillo.

Era la segunda vez que visitaba aquella casa. Hacía días que le habían hablado del muchacho, y sin pensarlo se dejó caer por allí. A la madre le había extrañado la anterior visita, pero no encontró palabras para rechazarla, así que lo acompañó hasta la habitación. «Pero hoy no, hoy parece otra, aunque la pena debe ser inmensa. No es para menos, tanto tiempo postrado», se dijo.

Se detuvo en el rellano, la rodilla izquierda se le quejaba, y mientras se la frotaba recordó que cuando la vez primera se vio ante el muchacho, tras el «buenas tardes» se sentó en la silla y no supo qué decir. ¡Cómo le mortificaba aquella falta de reflejos! En esos casos, una sonrisa rompe el pasmo, pero él, allí, delante de aquel cuadro, se había quedado en blanco. La madre había bajado, y él, igual que un mimo, solo tenía ojos para contemplar el asombro en el rostro del muchacho. Y aquel silencio resultaba insoportable. En esto, el enfermo que se voltea y alarga la mano hacia la mesilla de noche. Él se dejó llevar por aquel movimiento y descubrió la jaula con el turpial. El ave, nada más ver la sombra de la mano amiga, se arrancó con unas notas graves, como si formulara una pregunta. Después, en respuesta, entonó una delicada melodía. Y él advirtió una sonrisa en el rostro del enfermo. Por eso, cuando el pájaro enmudeció, repuesto del pasmo, preguntó al joven:

—¿Cómo te llamas?

—Pablo.

—¡Qué buena compañía tienes, Pablo!

—Sí, me alegra.

—Dios ha creado las aves y también las personas —dijo despacio—. Y desea que nos acordemos de él, que no olvidemos cuánto nos ama, aunque las cosas no vayan como quisiéramos. Tú tienes motivos para quejarte y estar disgustado, pero Dios quiere que no olvides que él está contigo, que te quiere con un cariño único, con el cariño con que nos quería Jesús cuando estaba clavado en la cruz y no se podía mover ni un tantico.

El muchacho lo miraba atento. Él lo contempló, sonrió, se puso en pie y dijo:

—Pablo, hasta la semana que viene, si te parece bien…

Y por eso ahora estaba golpeando la puerta del dormitorio. Tras golpearla, dijo:

—¿Se puedeee?

—Adelanteee —contestó el enfermo, imitándolo.

Empujó la jamba, asomó la cabeza, escudriñó la penumbra y observó que el muchacho, desde la cama, miraba con un pespunte de sonrisa.

Una vez dentro, entornó la puerta con cuidado y se dirigió al enfermo. Pablo le alargó la mano derecha. Él la cogió, sonrió y dijo:

—Caramba, muchacho, no sabes la alegría que me das.

—Yo también me alegro, pues no sabía si la promesa de venir iba en serio, así que me alegra que la haya cumplido.

Él se sentó en la silla y preguntó:

—¿Cómo te fue la semana?

—Pues como siempre… Aunque debo decirle que me he acordado de lo que usted dijo.

—¿De qué?

—De lo que me contó del Señor. Lo he recordado y le he dado vueltas.

Pablo se volvió hacia la mesilla de noche, alargó la mano, cogió la jaula, la alzó y la puso sobre su pecho. Mientras cantaba, don Claudio contempló el turpial: cabeza, garganta y alas negras con bandas blancas y el cuerpo de un pálido naranja. Volteó la mirada hacia el muchacho y dijo:

—He visto turpiales amarillos.

—Esos son los más jóvenes, este ya va siendo adulto y por eso el color se les muda.

—Me encantan los ojos de tu ave.

—A mí también.

Eran de un intenso amarillo enmarcados en azul.

—¿De qué te acordaste estos días?

—Pues he pensado en Dios —le explicó—. Porque si me ama, como usted dijo, entonces es que a lo mejor puede que yo también sea algo así como el turpial de Dios.

Don Claudio, sorprendido, contempló al muchacho y notó que se le saltaban las lágrimas. Se llevó la mano al pecho y exclamó:

—¡Gracias, Padre, porque has revelado estas cosas a los pequeños y sencillos!

—¿Qué dice?

Él miró al muchacho y dijo:

—Pablo, tus palabras me han recordado algo muy entrañable para mí.

—¿Qué?

—Me han recordado esta acción de gracias de Jesús: «Gracias, Padre, porque has revelado estas cosas a los pequeños y sencillos».

—¿Qué cosas?

—Ah, me alegra que te guste preguntar. Eso es chévere, porque si sabes preguntar, puedes aprender.

—Entonces, ¿por qué ha recordado esa acción de gracias?

—Pues porque a pesar de tu enfermedad, has sabido ver el amor de Dios y aceptarlo. Aceptarlo, Pablo, cuando sabes que el cuerpo te puede pedir que te rebeles y te pongas triste.

—Sí, ya me lo ha pedido…

Y el sacerdote escuchó atentamente la historia de fe y amor que estaba viviendo Pablo.

Capítulo 13

Cuando don Claudio volvió de casa de Pablo se dijo: «Buena hora para cumplir con el señor Briceño». Así que montó en el carrito y enfiló hacia los verdes tablones de caña que se adivinaban tras las últimas casas del pueblo.

A la altura de los dos ríos, recios y frondosos árboles escoltaban el camino. Don Claudio no pudo evitar un repentino mal humor al descubrir que en el tronco mismo de cada árbol, aparecían pintadas las siglas de los partidos políticos.

De pronto, la carretera perdió su capa de asfalto y se transformó en una franja de tierra rojiza que se empinaba arañando la falda de la montaña. Él gritó:

—¡Cómo te olvidaron!

Las curvas, por más que se sucedían, siempre mostraban minúsculas capillas que recordaban a los que allí mismo perdieron la vida. Don Claudio comenzó a sentir la tirantez en su nuca e, instintivamente, se encogió de hombros buscando alivio. La subida era lenta y, hacia la mitad de los veinte kilómetros, el cielo comenzó a encapotarse con la rapidez que suele hacerlo. «Malo», se dijo.

A los pocos minutos comenzaron a caer los primeros goterones, acompañados de unos golpes secos que retumbaban dentro del carrito. Se aproximaba un gran invierno. Don Claudio conectó el limpiaparabrisas. El ruido se hizo compacto y un torrente de agua tormentosa golpeó el techo, las puertas y cristales. Las escobillas no daban abasto. La claridad desapareció. Detuvo el coche, pues solo alcanzaba a ver agua, tanta que parecía brotar de la tierra. Saltaba por las laderas como si la montaña y sus crestas desataran caballos repentinos, diques y lágrimas gigantes. Cerró los ojos y notó que aquel inmenso estruendo lo envolvía. Y quedó perdido, reducido, anonadado. Después, lentamente, sintió que el espantoso trepidar no era compacto, sino que se expresaba con furias y sosiegos, *crescendos* y menguantes. Y creyó descubrir el más grandioso concierto natural.

¿Cuánto duró aquella sensación? No lo supo. Abrió los ojos y contempló que a medida que la lluvia se acompasaba, la luz iba recobrando fuerza. De pronto la lluvia cesó y el sol se mostró cada vez más poderoso. La exuberante vegetación creyó él que se descamisaba.

Abrió la puertecilla y bajó del carrito. Una vez más, tras el diluvio, la tierra se vestía de esplendor. Se estiró y contempló la montaña. Giró sobre sí mismo al tiempo que musitaba:

—Verde orangután. Cúspide avarienta. Sueño sin salida. Yunque imposible. Fragua de los siglos…

Y cayó en una especie de cómplice silencio, en la más absorta de las contemplaciones: entre él y la montaña acababa de surgir un profundo lazo de amoroso asombro.

Cuando volvió al Volkswagen recordó que san Juan de la Cruz, en su *Cántico*, había escrito: «Mi amado, las montañas…». Y lo repitió varias veces. Prendió y arrancó el carrito al tiempo que el rebuzno de un asno le recordaba la frase de José de Vasconcelos: «El rebuzno de los asnos: la clarinada que anuncia la liberación del indio de su condición de bestia de carga».

—La liberación aún no ha llegado —dijo como si discutiera con alguien. Después añadió—: La liberación es nuestro quinto evangelio, Señor.

La cuesta volteó la última cresta e inició un leve descenso al tiempo que reaparecía el asfalto.

—Hasta aquí me trajo Silverio Constanza —se dijo—. Quise dar un paseo y terminé en la medicatura.

Y otra vez volvió a notar la tirantez en la nuca y un ardor que le prendía y rompía el pecho. Creyó ver una culebra que atravesaba la carretera e hizo un esfuerzo supremo, condujo casi por reflejos. Paró frente a la segunda casa y se alegró: su comadre, Amalia Malavé, le ayudaría. Bajó del coche cuando ya Amalia se asomaba para ver quién se había detenido tan bruscamente ante su puerta. Amalia era pequeña y menuda, pero tenía el don de la escucha, quizá por eso su casa era la casa común, donde se citaban cuantos querían verse en el pueblo.

Cuando Amalia vio a don Claudio lo observó despacio y preguntó con miedo:

—¿Qué le pasa, mi padre?

—Me encuentro mal —respondió, al tiempo que se desplomaba sobre la única silla de madera que había en la entrada.

—Ahorita mismo le traigo un café.

—De acuerdo, y una aspirina.

Y recordó que por la noche debía reunirse con la Comunidad de Base y al día siguiente con la Legión de María y el miércoles con la Cooperativa de Ahorro y Crédito. ¡Qué difíciles fueron los comienzos de aquella cooperativa! La idea le vino el día que dio una colita a un extraño personaje.

—¿Puede llevarme? —le había preguntado aquel señor.

—¡Cómo no!

Pero nada más arrancar el carrito, el hombre va y suelta:

—Padrecito, si usted me da mil bolívares, en cuatro meses yo se los doblo.

—¿Qué? —dijo sorprendido.

—Que usted me hace un depósito de mil bolos y a los cuatro meses tenemos dos mil.

—No los poseo, ¿pero cómo haríamos?

—¡Muy fácil, los préstamos al veinticinco por ciento!

—¿Qué dice? ¿Así de loca está la gente para aceptar tamaño empeño?

—¡Usted no sabe: loca y desesperada! Si usted se dedicara a esto comprobaría que cuando se les niega un préstamo, hay personas que hasta suplican e imploran de rodillas. Doña hubo que, cuando accedí a concederle lo que pedía, llegó a decir besándome las manos: «¡Pero qué bueno es usted, si se me parece al mismísimo José Gregorio Hernández!».

Don Claudio esbozó una sonrisa al recordar aquel encuentro que él llamaba providencial, pues de allí surgió la idea de fundar una Cooperativa de Ahorro y Crédito que alejara a los usureros del Distrito Montes. «Pero ¿por qué estos recuerdos ahora? Quizá sea porque la patria de mi amor es la esperanza. Sí, cuando ya no hay esperanza, tampoco quedan recuerdos», pensaba mientras se llevaba las manos al pecho.

Notó su lengua tensa, reseca, y sintió que le envolvía el ardor. La mandíbula parecía encasquillársele y un fuego extraño le apretaba dolorosamente el pecho. Entonces se acordó de Cristo en la cruz y de su grito: «¡Tengo sed!». Se le dobló la cabeza y quedó con la vista fija en el suelo. Era un suelo feo, gris oscuro, flagelado por multitud de hilillos húmedos. «Este suelo clama por su liberación», pensó.

—Padrecito —dijo Amalia, temblándole la voz—, le vi dar una cabezada y no quise despertarlo. Ahorita mismo le traigo el café y la aspirina, verá cómo le prestan.

Él asintió con la mirada. Pero al cerrar los ojos se sintió transportado, como si su vida hubiese sido traída y llevada sin descanso. Y se le vino a la mente una frase del profeta Amós, el cultivador de higos que Yahvé había escogido para predicar al pueblo: «Te zarandearé como al grano de trigo en la criba». Y por más que pensó, no se vio como un grano de trigo zarandeado, sino como una pequeña piedrecita en la honda.

—Sí —se dijo—, como una pequeña piedra mecida en la honda del pastor. Así me ha llevado por donde le ha parecido mejor.

Y entonces se le impuso, con espléndida claridad, la certeza de que él solo había sido eso: una piedra traída y llevada, arropada y sostenida en la honda de Dios. Y se sintió piedra arrojada con cariño, piedra que solo sirve para señalar y guiar, piedra que una mano lanza y rueda, rueda y se detiene olvidada al pie de una encina.

Y entonces la piedra se transformó en un árbol. Un árbol viejo, hueco y cansado. Cansado y vacío hasta el punto de que ya ni el aire silbaba en sus ramas. Y notó que tras él avanzaba un ejército inmenso formado por toda clase de árboles. Un ejército que era un bosque de exuberante verdor, con sus troncos enhiestos, marchando con ritmo marcial. Y al voltear la cabeza para contemplar mejor aquel mar de árboles como hombres, en ese instante, los troncos comenzaron a mover sus hojas agitando sus brazos como si la más rabiosa ira se hubiese apoderado de ellos. Zarandearon sus troncos con tanto ímpetu que parecían querer arrancar sus propias raíces. Y aquello le produjo una inmensa tristeza, un desesperanzado dolor, hasta el punto que se puso a correr como un loco por el monte…

Y de pronto surgió ante él un inmenso lago de aguas transparentes, un lago que parecía sentir como suya la crueldad de los árboles. «¡Ay, ese lago de aguas clarísimas podría mitigar la terrible sed de mi bosque!», se dijo. Pero los árboles seguían ensartados en su guerra y, por más que les gritaba, se iban convirtiendo en leños secos que arrastraban grabadas en sus troncos las siglas de los partidos. «¿Quién podría llevarles agua?», se preguntó, pero por más que miró no vio a nadie, solo el bosque maltrecho y envejecido, cuando tan solo a dos pasos esperaba aquel lago de profundísimas aguas transparentes. Y se dijo: «¿No deberé yo convertirme en aguador?». Y se dobló para alcanzar el agua. Tan grande fue su esfuerzo que crujieron sus venas, anillos y cortezas donde cantaban los grillos. A pesar del dolor siguió arqueándose, hasta que el agua acarició sus ramas. Y entonces, en el último y supremo esfuerzo, se le quebró el tronco y rodó con gran estrépito igual que un árbol lleno de viento. Y en ese instante no caía en el lago, sino que flotaba en la corriente de un río convertido en mar, en un mar de amor. Así que miró de nuevo hacia el bosque que caminaba detrás. Y entonces recordó que debía gritar, que debía predicar a todos y a cada uno de los árboles lo más importante: que solo quien llega con el tronco hueco podía recibir la inabarcable dicha de aquel inmenso lago de amor.

Don Claudio abrió los ojos mientras musitaba:

—Las cosas del Espíritu unen el tiempo y la eternidad…

Y tuvo la certeza de que toda su vida había sido un ensayo para salir al encuentro del Señor. Aunque ya ni él mismo supo lo que pensaba.

Una cucaracha correteaba junto a sus pies y, a pesar de tener los ojos muy abiertos, no la vio.

Cuando comadre Amalia llegó con el café y la aspirina, traía un raro presentimiento. Observó a don Claudio y al ver el color de su mano izquierda, que colgaba como si fuese un guante, supo lo ocurrido. Se agachó y dejó la taza sobre el cemento. Se enderezó con los ojos húmedos y dijo como si hablara con él:

—Le falló el corazón, compadre, lo mismito que a mi Emilio. ¿Por qué a los hombres que repartís ternura siempre se os ha de quebrar el corazón?

Amalia se acercó al muerto y con el dedo pulgar trazó la santa cruz sobre su frente diciendo:

—No permita el Padre que mueras sin confesión. — Hizo la cruz sobre aquella boca amoratada y dijo—: No permita el Hijo que mueras sin comunión. —Bajó su mano hasta el pecho, lo signó y concluyó—: No permita el Espíritu Santo que mueras sin extrema unción.

Después se besó la cruz que formaban sus dedos, rompió a llorar y salió sin saber para dónde…

Cuando Amalia llegó a la medicatura, la negra Beltrana despedía a una madre con su hijo a la espalda.

—Pero, comadre, ¿qué le pasa? —preguntó al verla entrar.

—¡Ay!, que nada más llegar dijo: «Me siento mal».Y eso fue todo.Ahí quedó. Creo que el padrecito se nos ha muerto.

—¿El padrecito, muerto?

—¡Muerto, comadre, que ni a los buenos dejan para semilla!

La enfermera Beltrana abrió la vitrina de los medicamentos, pero no atinaba a encontrar lo que buscaba. Al fin cogió una llave y dijo:

—Vamos.

Y mientras la negra cerraba la puerta, Amalia alcanzó a ver, debajo del chinchorro, una sencilla caja de muerto.

Índice

www.ingramcontent.com/pod-product-compliance
Lightning Source LLC
LaVergne TN
LVHW091555170726
843492LV00007B/2140